一番線に謎が到着します
若き鉄道員・夏目壮太の日常

二 宮 敦 人

一番線に謎が到着します

若き鉄道員・夏目壮太の日常

1bansen ni NAZO ga touchaku shimasu

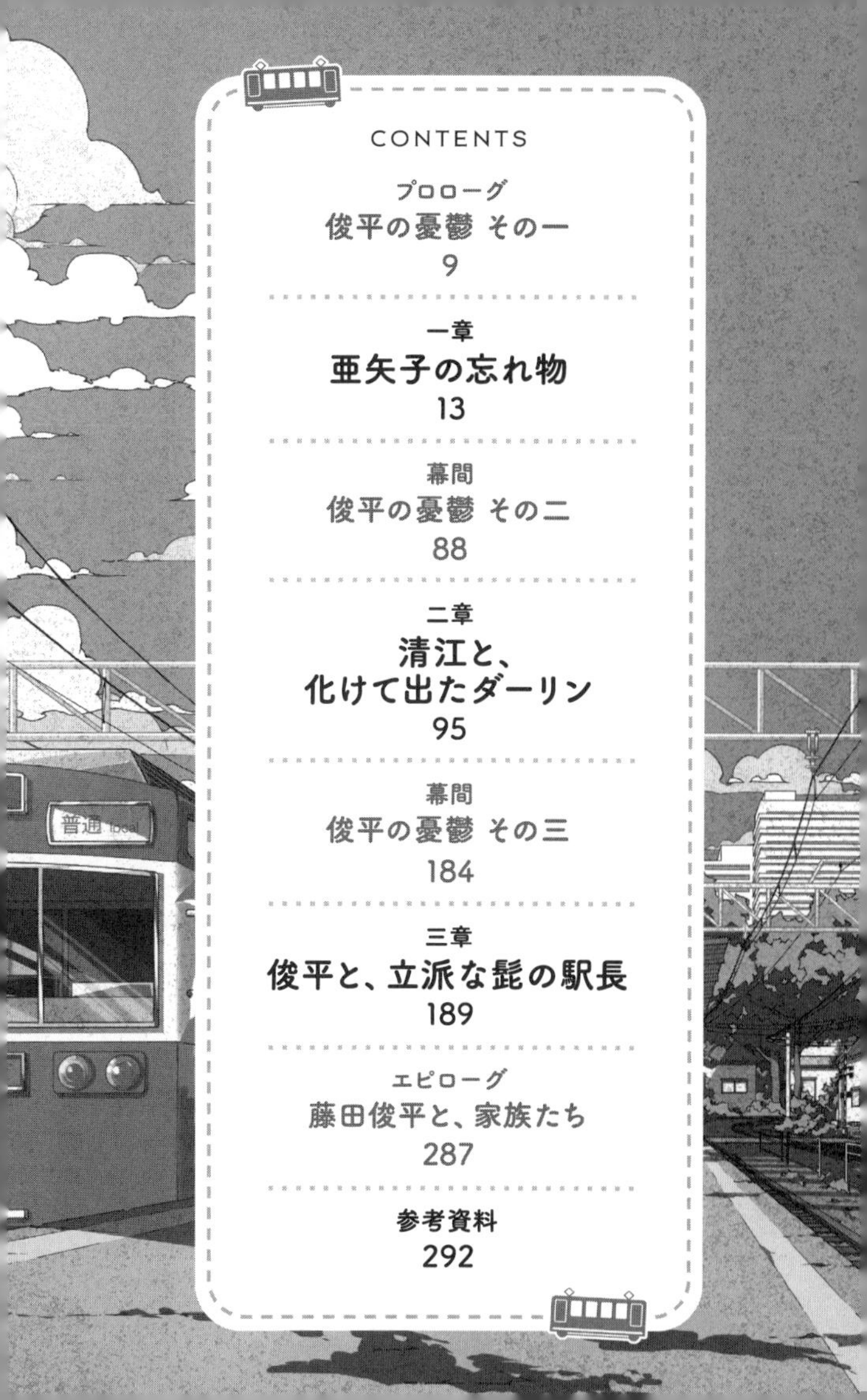

CONTENTS

イラスト　shimano
本文デザイン　百足屋ユウコ（ムシカゴグラフィクス）

え：ニノミヤアット

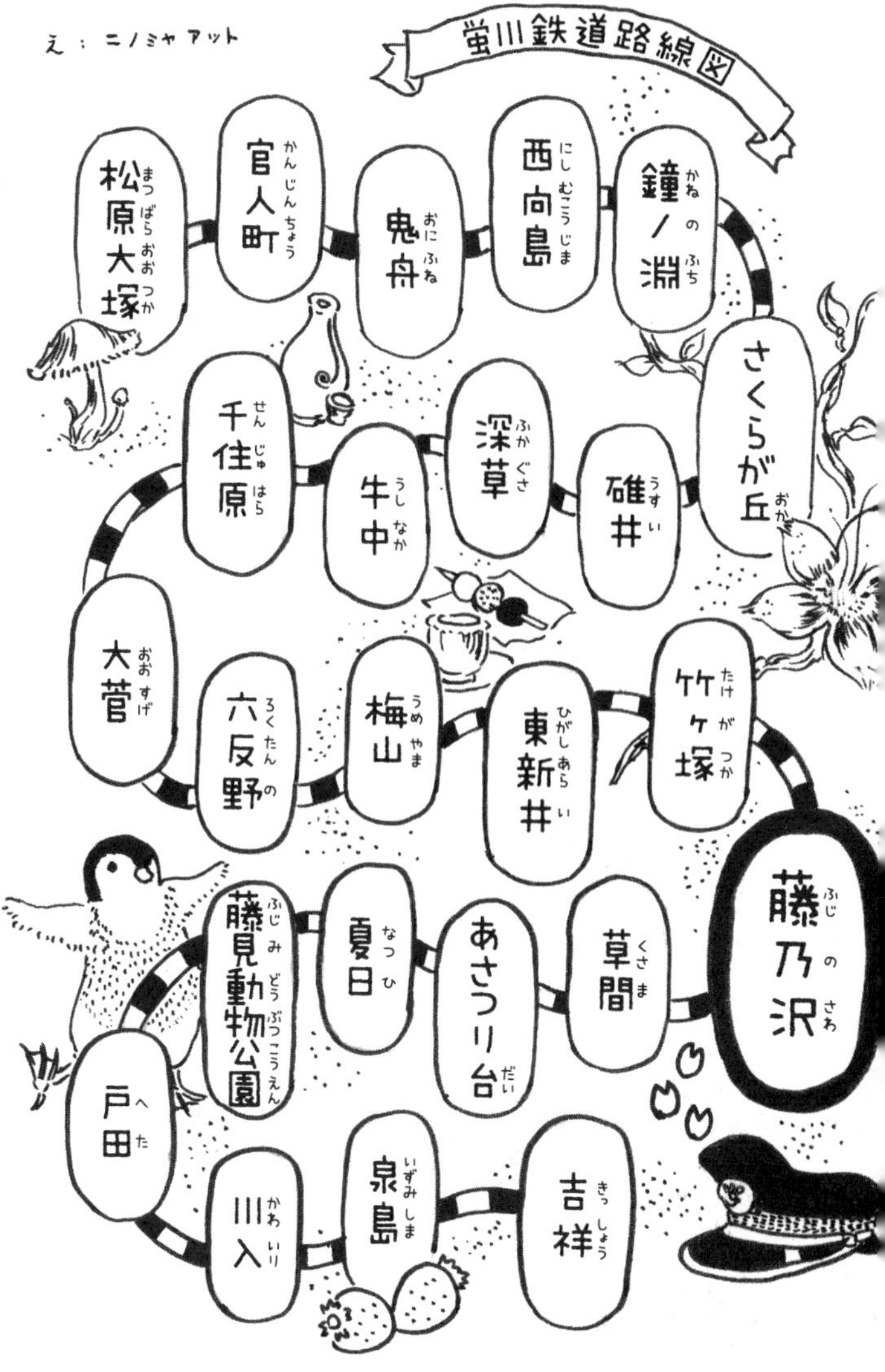
蛍川鉄道路線図
松原大塚《まつばらおおつか》
官人町《かんじんちょう》
鬼舟《おにふね》
西向島《にしむこうじま》
鐘ノ淵《かねのふち》
さくらが丘《おか》
碓井《うすい》
深草《ふかぐさ》
牛中《うしなか》
千住原《せんじゅはら》
大菅《おおすげ》
六反野《ろくたんの》
梅山《うめやま》
東新井《ひがしあらい》
竹ヶ塚《たけがつか》
藤乃沢《ふじのさわ》
草間《くさま》
あさつり台《だい》
夏日《なつひ》
藤見動物公園《ふじみどうぶつこうえん》
戸田《へた》
川入《かわいり》
泉島《いずみしま》
吉祥《きっしょう》

プロローグ　俊平の憂鬱　その一

明日鉄道が止まれば。

藤田俊平《ふじたしゅんぺい》は目の前を通過していく特急列車を見て思った。

ちょうど帰宅時、緑の帯が引かれた鋼鉄の車体には、人間がぎゅう詰めにされている。囚人《しゅうじん》のように吊革《つりかわ》に引かれ、戦傷兵のように銀色のポールに寄り掛かって。みな一様に誰とも目を合わせず、手元の携帯電話か瞼《まぶた》の裏の闇《やみ》だけを見つめて、ただ目的地までの時間をやり過ごす。

男も女も老人も若者も無作為に、電車は運んでいく。どんな人間であっても、この鉄の檻《おり》を使った往復移動からは逃れられない。そんな気がした。会社に入れば、あれがずっと続くのだ。明日も明後日も、来年も再来年も……そして自分も父親のように老い、祖父のように死んでいく。

嫌だ。いくらでも替えの利く、社会の歯車は嫌だ。父親のようには、祖父のようにはなりたくない。

もっと華々しい仕事がしたい。もっとカッコよく働きたい。

情熱と誇りを持てる仕事をしたい。そんな自分に合った仕事があるはずで、そんな自分に合った会社があるはずなのだ。

だが、今のところ俊平を雇おうという会社は見つからない。

俊平はネクタイの結び目に指を入れ、少しゆるめた。祖母に買ってもらったブルーのそれは、一月とはいえオフィス街を歩き続けて塩を吹いていた。携帯電話を開くと転送メールが一件。今後の就職活動の成功を祈る、との文面で企業から。また落ちた。

社会の歯車になるのは嫌だ。しかしその歯車にすらなれない自分がいる。春には大学を卒業する。それからどうすればいいのか。焦りばかりがつのる。

俊平はため息をついた。

赤いテールランプで闇に線を引き、特急列車は通り過ぎた。藤乃沢《ふじのさわ》駅のホームには次第に人が並び始める。みな、社会人だ。

居心地が悪い。自分が社会に不要な存在に思えた。特急列車のように、世界が自分を置き去りにしてどんどん遠くに過ぎ去っていくような気がする。俊平が就職先一つ見つけられずにいる間にも、鉄道は動き続けているというのに。毎日、毎日。駅舎は威圧的で、ホームは冷たい石の塊。家庭の温かさは社会にはない。こっちが世の中の現実なのだ。

明日鉄道が止まれば。

もう、面接になんか行かなくてすむのに。

俊平は洟《はな》をすすり、深く息を吐いた。

一章　亜矢子の忘れ物

藤乃沢駅はお昼時だった。

どこからかいい匂《にお》いがする。それは一・二番線のホームにゆっくりと溢《あふ》れ出ている。電車の到着を待つサラリーマンたちが、おやと首を傾《かし》げた。香ばしく焼ける鶏《とり》の香り。一緒に流れてくる優しい風味は中華風スープだろう。後から追ってくるのは焦がし醤《じょう》油《ゆ》だ。これはたまらない、日本人ならいてもたってもいられなくなる。並んでいる乗客は、みな一様にそわそわしていた。

ホームに飲食店があるわけでもないのに、食欲をそそる香りに鼻をくすぐられたことはないだろうか。近くの家でカレーライスでも食べているのかな、と思ったことはないだろうか。そんな時はたいてい、同じホームの上で料理が作られている。エプロンを腰に巻いて、鍋《なべ》とまな板を前に腕を振るっているのは、駅員さんだ。

うん、ちょうどいい。

夏目壮太《なつめそうた》は味見小皿を口から離し、おたまで大鍋をかきまぜる。トマトが、玉ねぎが、レタスが、たっぷりの鶏の出汁《だし》の中でふわふわと泳いだ。冷蔵庫を開け、卵を片手に二つずつ、計四つ取る。軽くシンクのふちに当ててひびを入れ、茶碗に割って菜箸《さいばし》で溶き、鍋の中に注ぎ込む。とろりとした半透明の中身は、さっと黄色の線に変わる。流れるような動作で殻をゴミ袋に放り込む。炊飯器がリンリンと嬉しそうに鳴った。

ご飯も完成。よし、今日も上手にできたぞ。

「一番線、電車がまいります。黄色い線の内側に下がってお待ちください」

アナウンスが流れ、やがて電車がホームに滑り込んでくる。レールとブレーキが押しつけ合う音がした後にドアが開く。壮太はそれを聞きながら丼《どんぶり》を用意する。

「急行にお乗換えのお客様は、降りたホーム二番線でお待ちください……」

たくさんの足音。話し声。壁一つ向こう側では、お客さんが行き交っている。

「まもなく電車が発車いたします。駆け込み乗車は大変危険ですので、次の電車をお待ちください」

炊飯器の蓋《ふた》を開けると、湯気が壮太の顔を包んだ。思わず笑顔になる。温かいご飯には、人を幸せにする力がある。粒の立った米を丼にたっぷり盛りつけ、上にぱりぱりの刻み海苔《のり》を散らす。フライパンの中央では、鶏もも肉がじゅうじゅうと照り焼きになっている。脂と醤油が泡立ち、脇の葱《ねぎ》も一緒に揺れていた。

発車ベル。

壮太はちらりと時計を見た。十二時四分、竹ヶ塚《たけがつか》行き。今日も定刻運転だ。

菜箸で鶏をつまむと、焦げ目のついた皮がぱりっと割れた。肉がふっくらとしなる。肉汁をこぼさないように丼に載せ、炒《いた》めた葱と人参を横に並べる。ほんの少し刻みニンニクを利かせた焦がし醤油のタレを、フライパンの上のアツアツの脂と一緒にしてかける。

特製鶏丼《とりどん》の完成だ。

「お腹《なか》へったぁー！　壮太ちゃん、今日のメニュー何？」

扉が開くと同時にそう言って入ってきたのは、中井佐保《なかいさほ》だ。小さな体とくりくりした目、そして赤くなった頰《ほお》は小動物を思わせる。

「佐保さん、時間ぴったりですね。ちゃんと用意できてますよ」

「鉄道員なら時間は守る！　って、あ、キャー！　鶏丼だあ！　大好物！　嬉しいー！」

佐保は両手を合わせて飛び跳ね、ひとしきり喜びを表現すると壮太から鶏丼を奪い取った。箸を口にくわえ、空いた右手で鍋の蓋を開ける。

「おお、スープも！　いやあ、うまそう！　素晴らしい！」

「ほうれん草とジャコのおひたしもありますよ」

「ほんとー！　ああ……毎日壮太ちゃんが食事当番だったらいいのになあ」

「いやあ、さすがにそれは勘弁してください」

「っていうか、毎日私にご飯作ってほしい。壮太ちゃんが彼氏だったらいいのに。もしくは専属執事か、親か、おばあちゃんだったらいいのに」

「どこまで僕に求める気ですか」

「へっへー、冗談だよー」

佐保は踊るような足取りでテーブルに皿を並べていく。

「おい佐保、扉はちゃんと閉めろよ。お客さんに声が聞こえちゃうぞ」

次にやってきたのは楠《くすのき》翔《しよう》だ。翔は部屋に入ってすぐ、ぴしりと音を立てて背後の扉を閉めた。外のざわつきがすっと遠のく。

「見られたら、駅員がサボッてるって思われるだろ」

涼しげな目元、知的な瞳。通った鼻筋に、色っぽい唇。すらりと伸びた長身に、どこか高貴なたたずまい……学生時代はソシアルダンスに明け暮れ、ミスター東大にも選ばれたという翔は、誰が見ても美男の部類である。

「私たち、ちゃんと仕事してるんですけどねえ」

佐保はもう大きな鶏の塊をほおばっている。

「そうだけどさ。お客さんは、こんなところで飯食ってるなんて想像もしてないんだからな」

翔は制帽を取って髪をかきあげた。さらさらの黒髪、額に光る汗。何をしても絵になる男だ。自分もあんなふうに端整な顔に生まれていたらなあ、と壮太は翔を見る。

「あ」

ぼちゃん。翔の手から制帽が落ち、スープの鍋に落ちた。

「しまった！」

水たまりに落ちた紙切れのように制帽は軽く一回転すると、ゆっくり、ずぶずぶと中華スープの海に沈みかけた。翔は慌てて制帽を摑《つか》み、引っ張り出したが、卵とレタスの破片がついていた。

「せ、セーフ！」

「アウトだと思いますよ」

壮太が言い、佐保が呆《あき》れた目で翔を見る。何を思ったか翔はそのまま制帽を勢いよくかぶった。

「あっついわ！」

美しい顔を爽《さわ》やかに歪《ゆが》め、翔は飛び上がった。今度は制帽は床に落ちた。

「そりゃ熱いですよ」

「うむ。言われてみればもっともだな……」

翔は拾った制帽を見つめ、頷《うなず》いている。翔は外見も学歴も家柄も、いわゆる王子様と表現して遜色《そんしょく》ない。ただ一つ、内面にやや問題がある。藤乃沢駅の駅員の誰よりも天然ボケなのだ。

「翔ちゃんは動かなければイケメンなのにな。動くと残念になっちゃう」

「俺に彫刻にでもなれと言うのか」

「そうしたら改札前に飾るよ。とりあえず、先にスープ取っておいて良かったあ」

佐保がけらけら笑った。

翔は今度は慎重に制帽を拭《ふ》き、熱くないことを確認してかぶり直した。そしてきりっとした目で壮太を見る。

「……まあいい。見ているのが佐保と壮太だけで良かった。いいか、このことは誰にも言うなよ。他の奴《やつ》らには黙ってスープを食わせるのだ。万が一、七曲《ななまがり》主任や及川《おいかわ》助役に知られたら……」

「……あ。翔さん後ろ」

「え？」

翔はゆっくりと振り返る。誰もいない。視点を下げていく。翔よりもだいぶ低い目線に、彼はいた。背後で微動だにせず、鋭い目でぎろりと翔をねめつけている。翔は悲鳴を上げた。

「え……駅長！　いつ、いらっしゃったんですか？」

「翔ちゃんと一緒に入ってきてたよ」

佐保が言う。

「ちょっと、忍者みたいな真似《まね》やめてくださいよ！　どうして駅長はいつも気配を消して僕らの後ろにいるんですか！」

震えて本気で怖がっている翔に、藤乃沢駅長は答えない。不機嫌そうな表情のまま、スープの入った大鍋に視線をやる。そして威厳のある口元の髭《ひげ》をぴくりと動かした。

「す、すいません！　僕はその、悪気があってではなく、その！」

頭を下げる翔。壮太は脇から別の丼とお椀《わん》を取り出して示す。

「まあまあ、幸い駅長の分は別に取り置いてますから。駅長、玉ねぎが嫌いですからね」

「よくやった壮太！　ナイス気遣いだぞ」

駅長はもう一度翔を睨《にら》んだ。それから、まあよかろう、とばかりに目を伏せて一つ頷くと、押し黙ったまま、壮太が置いた食器の方に歩いていく。翔は飛びのいて、駅長に道を譲った。小柄な割に恰幅《かっぷく》の良い駅長の腹が、たぷんと揺れた。

「……はあ。びっくらこいた」

翔が胸をなでおろす。佐保がくすくす笑っている。壮太はふう、と一つ息をついて大鍋をかき混ぜた。これから来る人たちには翔の制帽が中に入ったことなど、わかりはしないだろう。ちょっとだけ塩分が増したかもしれないが。

藤乃沢駅のホーム事務室は、今日も騒がしい。

ホーム事務室は、大抵の駅でさりげなく設置されている。階段の脇だとか、自動販売機の横だとか、あるいはホームの端っこだとかに、まるで物置のような顔をして存在している。

いや、実際それは物置でもある。掃除用具や非常時の防災グッズなども脇に置かれているからだ。しかし冷蔵庫や、調味料の瓶が詰まった棚や、包丁や鍋などの調理道具も同じくらいのスペースを占めている。藤乃沢駅では中華鍋までが鎮座している。駅員みんなでお金を出し合って買ったものだ。

よく観察していれば、ホーム事務室に駅員が出入りしていることがわかるはずだ。朝は駅員が一人、大量に食材の詰まった買い物袋を提げて入っていく。その駅員はホームの安全確認や窓口対応の傍《かたわ》ら、ホーム事務室に頻繁に出入りする。出入りする回数に応じて、中からはいい匂いが立ち上ってくる……。

休憩時間のたびに調理を行っているのだ。

今日はその駅員が夏目壮太だった。食事当番である。制服の上にエプロンをつけ、三角巾をかぶっている。

「あー。美味《おい》しかった。壮太ちゃん、今日はいくら？」

佐保が口の周りを拭きながら言った。

「ええと、ですね」

壮太はポケットからレシートを取り出すと、合計金額を人数で割り算した。

「各、三百円でお願いします」

「ほいほい。あ、今細かいのないや。壮太ちゃん、ツケといて」

「佐保さん、ツケそろそろ五千円になりますけど……」

「あ、明日には払うよ！　ぜ、絶対！」

「もう、絶対ですよ」

壮太は肩を落とす。

それからコンロを弱火にし、鶏はレンジで温められるようにタッパーに入れておく。後ほど助役や主任も食べにくる。その際、美味しく食べられるようにという心配りだ。

山岳部だった頃の合宿を思い出した。食事当番を持ち回りでつとめ、食材の代金を分担する。誰かが調理している間は、誰かがテントを張っている。

駅の仕事はそれに良く似ていた。

誰かが調理している間、誰かがホームを確認している。別の誰かは構内アナウンスをし、遺失物係をつとめている。そして別の誰かは改札でトラブルが起きれば応援に向かい、定刻になれば自動券売機から大量の小銭を回収する。各員が作業ダイヤに従って動いている。

駅はチームワークだ。毎日、始発から終電まで、分刻みに列車がやってくる。個人プレーじゃ回らない。

「あ……もう少しで、遺失物係の時間だ」

時計を見て壮太は言う。

「ヤバイじゃん！　壮太ちゃん、急いで食べて行きなよ」

「はい」

壮太は慌てて鶏丼をかっこんだ。

「頑張ってねえー」

そして、佐保の声を背後に聞き、慌ててホーム事務室を飛び出した。

十二時十三分、松原大塚《まつばらおおつか》行きの各駅停車がホームに滑り込んでくるところだった。

橋野恵美《はしのえみ》は人と関《かか》わるのが嫌いだった。チームワーク苦手。個人プレー大好き。友達とカラオケに行くくらいなら、ゲーセンでテトリスを一日中やっていたい。一人静かに、自分のために働くのが好きだった。

恵美は立ったままぼーっとしている。がたん、ごとんと電車が揺れる。一人でぼーっとしているほど、心安らかなことはない。流れていく景色を見、右に左に揺れる電線を眺め、たまにこっそりあくびをする。

車内アナウンスが流れる。

「まもなく藤乃沢、藤乃沢に到着します。本日は蛍川《ほたるがわ》鉄道をご利用いただき、誠にありがとうございます。まもなく藤乃沢、藤乃沢、お出口は右側……」

車掌室の窓から、車内をちらっと見る。乗客がそわそわし始めていた。

今はアナウンスも自動音声で、楽だなあ。

いい天気だった。太陽の光が眩《まぶ》しくて、恵美は制帽のつばを少しひねる。川沿いをおばあちゃんと子犬が散歩をしている。子供が駄菓子屋の方へ走っていく。パン屋には「焼き立て」の札がかかっている。野菜の詰まった台車を引いていくおじさんがいる。

ああ、和《なご》む。

さぼっているわけではない。景色を見るのも、車掌の仕事なのだ。

銭湯の煙突が見えた。

よし。

恵美は車掌室横の窓を開く。爽やかな風が流れ込んできて少しカールした黒髪をふわりと揺らした。藤乃沢駅がぐんぐん近づいてくるのが見える。特徴的な少し曲がったホーム、三角屋根の駅舎、駅前のいちょう並木。列車はブレーキをかけ、到着の態勢に入っている。恵美は万一に備えて非常ブレーキの紐《ひも》を握りながら、窓から半身を乗り出してホームを見据える。

電車に接触しそうなお客さんがいないか、危険物などが見えないか、安全確認をする。

車掌のホーム確認は、先頭車両がホームに到達した瞬間から行うことになっている。しかし車掌は最後尾にいるので、いつ電車の鼻先がホームをかすめたかなど正確にわからない。だから景色によって判断するのだ。

六両編成の電車で藤乃沢駅に進入する場合は、パン屋の先にある銭湯の煙突が確認開始の目印となる。同じように、蛍川鉄道の二十四駅全ての景色と目印が、恵美の頭の中には叩《たた》き込まれている。

異常なし。

電車は藤乃沢駅のホームに、ほとんど振動を感じさせずに停車した。ディスプレイの時間を見る。定刻運転。今日の運転士は上手だった。ひとつ前の草間《くさま》駅で生じた十秒の遅れを、途中の直線で加速してぴったり取り戻している。

恵美はボタンを操作して客車のドアを開けた。しゅうと空気圧の音。

停車時間は三十秒。二十秒時点で発車のベルを鳴らす。恵美は身を乗り出したまま、お客さんの乗降を見守っている。

あれー。

ホームを走ってくる人影が見えた。

壮太じゃん。

二階の窓口事務室か、遺失物係に向かうのだろう。同期入社の壮太が、制帽を手で押さえながらぱたぱたと走っているところだった。

（やっほう）

軽く手を挙げてみる。壮太の方でも気づいたらしい。

（やあ）

恵美に目を合わせて、頷いてみせた。

相変わらず壮太は一生懸命働いてるなあ。偉いなあ。

「間もなく電車が発車しまあす。駆け込み乗車は危険ですのでおやめください」

恵美はのんびりした声でマイクに言う。お昼時でお客さんはさほど多くなく、乗降はスムーズに完了していた。

恵美はもう一度ホームを確認する。駅員が見えた。車掌の位置から死角となる部分は藤乃沢駅の駅員が確認し、旗で発車ＯＫを知らせてくれる。

ほんじゃいくかね。

「ドアが閉まりまあす」

そうアナウンスしてから、ドアを閉めた。電車がゆっくりと動き始める。ホーム上の壮太の姿が、どんどん遠ざかっていく。

これで次の駅までまた一人きりだ。

車掌は孤独な仕事である。車掌室に引きこもり、ホームを確認し、ドアを開閉し、時折アナウンスを口にするだけ。非常事態が発生しない限りは運転士と車内電話をすることもない。そもそも運転士の顔すら見ないことがほとんどだ。

一人っきりの穏やかな時間。

恵美はこの仕事が結構好きだった。


「交代です」

壮太は遺失物係の戸を開いて言った。

「お、壮太！　ありがてえ」

軍人のようにごつい顔の七曲主任が、雑然としたデスクを背にして柴犬のように微笑《ほほえ》んだ。

「今日の飯は？」

「鶏丼ですよ。準備できてます」

「いいね！　腹減ったよ」

立ち上がる七曲主任と入れ替わる形で、壮太が椅子に座る。帳簿を手に取って眺めつつ口を開いた。

「今日は何か変な忘れ物とかありました？」

「特にないなあ。定期券が一枚、携帯電話が一個。いつも通りよ。あ、携帯の方は今日中に受け取りに来るそうだ」

「それは良かったです」

「あ！　そうだ、ケーキがあったぜ」

「ケーキ？」

「おう、誕生日ケーキの忘れ物だ。冷蔵庫に入れてあるぞ。『タカシ君八歳おめでとう』だってさ」

「あらら……まあ、受け取りには来なそうですね」

七曲主任は頭をかいた。

「だよなあ。ナマモノはちょっとな。手元離れたらこえーもんな。食いもんは当日に取りに来なかったら廃棄の決まりだから、よろしく」

「わかりました」

その時、遺失物係のガラス戸が開かれた。入ってきたのは女性が一人。二十代後半だろうか。小柄で黒のセミロング、前髪を額の真ん中で二つにきっちりと分けている。ベージュのシャツに黒いジャケットとズボン。黒い紙袋を一つ、大切そうに両手で提げている。

「ど、どうしました？」

思わず壮太は椅子《いす》から腰を上げる。それくらい女性の顔色は悪かった。きめ細かい肌は真っ青で、薄めの唇は紫。目は落ち着きなく揺れていた。形の良い眉《まゆ》は八の字になり、ほとんどよろめくようにして壮太の座るデスクへと歩いてくる。蚊《か》の鳴くような声で、震えながら女性は言った。

「あ、あの……電車の中に、忘れ物をしてしまいまして……」

「は、はい。忘れ物ですね。どうぞお座りください」

よほど大事なものを忘れたのだと、壮太はすぐに理解する。慌てて椅子を勧め、女性をそこに座らせた。今まさに昼食に行こうとしていた七曲主任も、それどころではないと思ったのか、戻ってきて脇のパソコン端末に取りついた。

「忘れ物はどういったものでしょうか？」

女性の対面に座り、壮太はできるだけ柔らかい口調で問う。

「その……ブリーフケースなのですが」

女性は持っていた紙袋をそっとデスクの上に載せ、脇に寄せた。壮太はちらりとそれを見る。中には厚めのビニール袋で包まれた何か四角いものが入っている。紙袋の表面には「講論社《こうろんしゃ》」と文字が書かれていた。業界トップの出版社名を目にして、女性はそこの関係者だろうかと壮太は思う。

「ブリーフケースというと、どういった……」

壮太はメモを取りながら質問する。

「黒いブリーフケースです、書類を入れる。こう、四角くてＢ４の用紙が入るサイズなんです。持ち運び用の取っ手がついてまして、中身は紙が二十八枚……」

女性は指で大きな四角を描いてみせた。確かにＢ４が入るとなると、結構大きなものだろう。

「七曲主任、お願いします」

壮太は七曲主任の方を見る。

「おう、今探してる」

七曲主任は言われる前からパソコンで忘れ物情報を検索していた。この端末からは蛍川鉄道全線の忘れ物情報が確認できる。七曲主任はマウスとキーボードを操作してディスプレイを見た。そして、壮太に向かって首を振った。

「ない」

壮太は頷いて女性に向き直る。

「お客様、まだ忘れ物を回収した駅はないようです。いつ頃《ごろ》お忘れになったかを教えていただいても……」

その時、どたどたと外で人が走る音がした。足音は近づいてくる。何かと顔を上げた壮太の前に、大柄な男が現れた。そのスーツを着た壮年の男は、手を突き出すと遺失物係のガラス戸に勢いよく取りついた。どしんと一度衝突し、部屋が揺れる。男性は尻餅《しりもち》をつき、頭を押さえて呻《うめ》く。

唖然《あぜん》とする壮太たちの前で男性は猛然と立ち上がる。そして赤くした顔で壮太や七曲主任と目を合わせ、再びガラス戸に衝突した。振動が走る。女性がはっと口を開き、慌てて立ち上がると戸の取っ手を摑んで横に開けた。

「ああ、引き戸なのか」

「船戸《ふなと》さん、引き戸って書いてありますよ」

「すいません、引き戸でした」

なぜか壮太も謝る。

女性に船戸と呼ばれた男性は膨らんだ額を押さえながら、鼻息荒く女性に走り寄った。

「そ、それどころじゃない！　わ、忘れ物は？　亜矢子《あやこ》君、忘れ物は見つかったのか？　見つかったんだよな？　お、おい、どうなんだ！」

女性は気圧《けお》されつつも、俯《うつむ》いて弱々しく首を振った。

「ば、バカ野郎ッ！　お前それでも編集者か！」

船戸と呼ばれた男は憤りをこらえきれないとばかりに、デスクに拳《こぶし》を思い切り打ち付けた。壮太の制帽が三センチほど宙に浮いた。七曲主任が眉をひそめる。

「ああっ、す、すみません駅員さん。つい、つい」

男はすぐに慌てて頭を下げる。

「い、いえ……」

曖昧《あいまい》に答える壮太に、男は慣れた動作で名刺を取り出した。

「私こういう者です。亜矢子君の上司にあたります」

差し出された名刺には「講論社　第二編集室　週刊少年ソウル編集長　船戸厚《あつし》」とある。

少年ソウル？　壮太は思わず文字を見返した。毎週三百万部超を世に出す、日本で一番売れている週刊漫画雑誌だ。壮太も学生の頃はよく読んだ。

「亜矢子君から連絡を受けて、急ぎやってきたというわけです。駅員さん！　お願いします！　今すぐ電車を止めてください！」

「な、何ですって？」

「どうしてもあれは必要なんですよ！　早く忘れ物を見つけてください！　本当に重要なんです！　なくなったら、取り返しがつかないんです！」

「すみません、中身はどういったものですか？　紙が数十枚としか伺ってないのですが……」

七曲主任が興奮する船戸をなだめつつ聞いた。

なんだ、まだ言ってないのか？　という目で船戸は亜矢子を見る。そしてすぐに七曲主任を見、切羽詰まった形相で吠《ほ》えた。

「本庄和樹《ほんじょうかずき》先生の原稿なんです！　病床の本庄先生が、最後の力で描いた原稿、『明日の僕へ』最終回！」

壮太は戦慄《せんりつ》する。

「わかりますか？　現在、日本で最も貴重な紙の一つなんです！」

室内の全員の目が、船戸に集まった。


少年漫画「明日の僕へ」。その人気は、漫画を読まない人でも知っている。週刊少年ソウルで六年前に連載開始されるや否や読者人気投票トップに立ち、看板漫画として少年ソウルを牽引《けんいん》。コミックス最新刊の初版部数は五百万部を超えた。アニメ化されると、その映画は夏の定番になった。主人公の決め台詞《ぜりふ》はある年の流行語になった。関連図書、ゲーム、グッズなどの売り上げも莫大《ばくだい》で、その経済規模は一千億円を超えるとも言われている。これまでの漫画の記録を塗り替えた大ヒット。今や日本全体を巻き込んだムーブメントと化していた。

その人気の絶頂で、作者の本庄和樹に緑内障が発覚。進行が速く、失明もあり得るとニュースになったのはつい最近だ。この作品だけはどうしても完結させたいとの作者の意向で、連載中の本作はゆっくりと完結に向かって動き出していた、そこまでは壮太も知っていた。だから思わず声が出た。

「あの、『明日の僕へ』の最終回？」

「はい。本庄先生の視力は確実に弱っています。昨日引けた線が、今日は引けない。描き直しさせるわけにはいかないんです。本当に、かけがえがないんです。そして最終回と連動して、お祝い企画やグッズのプロモーションも走ってる！　あの原稿がないとなればわが社は信用を失い、損害は何億円、いや何十、何百億……」

自分で想像して気が遠くなったのか、船戸の顔が赤から青に変わった。細かく震える唇の端には泡がたまり、天井を仰いだ拍子によろける。慌てて亜矢子が椅子を差し出し、上司を座らせた。

「助役！　及川助役ッ！　緊急事態発生です！」

七曲主任が叫んだ。

遺失物係は、奥で窓口事務室と繋《つな》がっている。そこから血相を変えた及川助役が飛び込んできた。

概要を聞いて、老練な及川助役もさすがに絶句した。しかし慌てている場合ではない。及川助役は品のいい口元を引き締め、頷く。長身痩軀《そうく》、ロシア人が遠縁にいるという彼のたたずまいは、室内の空気を凛《りん》とさせた。及川助役は良く通る声で叫んだ。

「非常事態を宣言する！　七曲、運転指令に緊急連絡だ。藤乃沢駅で重大忘れ物発生、各駅一斉放送で黒のブリーフケースの確保と、該当の忘れ物について情報を藤乃沢に集約するよう依頼しろ！」

「はい！」

七曲主任が立ち上がり、走って指令直通の鉄道電話に取りつく。さらに指示が各員に出される。

「人が足りん、佐保と翔も呼び寄せろ！　昼食休憩中？　引っ張ってこい！　各駅に捜索依頼の用意だ。ダイヤを出せ、列車の現在位置を確認するんだ」

最後に及川助役は、壮太をその蒼灰《そうかい》色の瞳で見て言った。

「壮太は、引き続き忘れ物情報の聞き取りだ。できるな」

壮太は緊張しつつも、頷いた。

船戸と亜矢子の二人を見据え、壮太は質問を始めた。

「お忘れになったことに気づいたのは、いつですか？」

「いつだ、おい！　いつだよ！」

船戸がせっつき、亜矢子が考え込みながら答える。

「二十分ほど前かと思います……」

「はあ？　二十分前？　亜矢子君、その間何してたんだよ！」

「ふ、船戸さんに電話したり……近くを探したり」

「電話ってたってお前、その前にやることがあるだろうがよ！」

喚《わめ》き続けようとする船戸を、及川助役が制した。

「申し訳ありませんが、まずは一刻も早く情報を整理させてください」

「そ、そうか、そうですね、すみません」

壮太が続いて聞いた。

「亜矢子さん、電車の中で忘れたんですよね。その電車は各駅停車でしたか？」

「はい。川入《かわいり》駅から乗りました」

「となると、上り電車ですね」

「はい。電車の行き先はちょっと覚えてません」

「川入で電車に乗った時間はわかりますか？」

「ええと……すみません、乗ったのは十二時ちょっと前としか……藤乃沢で降りたのは、十二時十五分くらいでした」

「わかる範囲で結構ですよ。お乗りになった車両は？」

壮太は次々に質問を繰り出す。正直浮足立ってはいたが、それでも何回も繰り返した業務である。メモ用紙にペンを走らせつつも、頭の中にはすらすらと次の質問が浮かんできた。

隣では及川助役がダイヤグラムを広げている。ダイヤグラムとは、列車のダイヤが書かれた一枚の紙である。各駅での発着時刻などが記載されている。亜矢子が乗車した列車を絞り込んでいるのだ。

「すみません、車両というのは……？」

たどたどしく話す亜矢子を、船戸が気が気でないという様子で見つめている。しかしさすがに落ち着いてきたのか、叱責《しっせき》するような気配は消えていた。むしろ、何とか思い出してくれと懇願するような目であった。

「ええとですね、何号車にお乗りになったのかを知りたいのです。前の方か後ろの方かだけでも、覚えていませんか？」

「最後尾だったと思います。女性の車掌さんが見えましたので。私は車掌室のすぐ横くらいに座っていました……」

「了解です」

女性車掌……ひょっとしたら同期の恵美かもしれない。

壮太の頭にそんな考えが走る。となると該当の列車は、十二時十三分発の松原大塚行き各駅停車だろうか。

「中井、楠、ただいま到着しました！」

声が響く。

騒々しく足音を立てて、室内に佐保と翔が飛び込んできた。佐保はご飯粒を頰につけたまま、翔は制帽を押さえながら。彼らの後ろからは駅長も、しかつめらしい顔でにゅっと顔を出す。室内は慌ただしくなってきた。

「たぶん、列車番号一二〇五Bだな……」

及川助役がダイヤグラムを見て頷く。それから身を乗り出して聞いた。

「お客様、お忘れ物はどのように置いていましたか？」

亜矢子は上目づかいで答えた。

「ええと、たしか、網棚に……載せていました。えっと、その、おそらく紙袋を膝《ひざ》の上に置きましたので……」

「列車の進行方向から見て、右左どちらかわかります？」

「左側です。藤乃沢で、ドアの開かない方です」

「左側ですね。かしこまりました」

及川助役がダイヤグラムで素早く確認する。

「一二〇五Ｂの接近最寄駅は……さくらが丘駅。佐保！」

「はい！」

佐保がご飯粒を振り落としながら返事をする。

「さくらが丘駅に捜索依頼だ」

「はい、大丈夫ですか？　捜索指定駅じゃありませんけど」

「ものがものだけに、今回は捜索駅を指定しない。調べられる駅は全部調べるんだ。一二〇五Ｂ、六号車、最後尾付近、山側の網棚。黒のブリーフケース。急げ！」

「了解しました」

佐保が電話に取りつく。

「翔はその次、鐘ノ淵《かねのふち》駅にも依頼だ」

「はい」

「一二〇五B前後の列車も、念のため確認してもらうようお願いしろ」

「了解です！」

藤乃沢から、次々に沿線各駅に連絡が飛ぶ。

「及川助役！　運転指令に連絡完了しました！」

七曲主任が戻ってくる。及川助役は頷いた。

「指令員に三回聞き直されましたよ。マジか？　って」

七曲主任は苦笑する。

間を置かずして、窓口事務室のスピーカーから一斉放送が流れ始めた。

「こちら運転指令。重大忘れ物発生につき、非常事態宣言を発令します。藤乃沢駅要請、全駅へ。捜索指定駅解除！　黒いブリーフケースの忘れ物が届けられた場合、もしくは発見した場合は藤乃沢駅まで急ぎ連絡と、厳重丁寧な保管を、お願いします。繰り返します……」

蛍川鉄道運転指令室からの放送とほぼ同時に、さくらが丘駅に電話が入った。

中年の駅務員の一人がそれを取り、応答する。

「はいこちらさくらが丘、佐藤《さとう》です」

「お疲れ様です、こちら藤乃沢の中井です」

「おー佐保ちゃん、元気？　どうしたの？」

「佐藤さん！　緊急の忘れ物捜索お願いします。列車番号は一二〇五Bです」

佐藤は時計と、窓から見える列車の運行風景を見比べる。

「ああ、いま一斉放送で言ってたやつかな？　一二〇五Bならもうホーム入線してきてるよ。ちょっと間に合わないよ」

「ですよねーわかってるんです！　でも重大忘れ物なんです！　六号車最後方の山側網棚、黒のブリーフケースがないか見てもらえませんか！」

「モノは何さ？　現金一億とか？　なんてねハハハ」

「場合によっちゃそれ以上です！」

「……え？」

「超人気漫画の最終回らしいんです！　それも絶筆寸前の作家の！」

佐保の必死な声に、佐藤も椅子に座り直す。近くにいる駅務員たちが何事かと佐藤を見た。

「ま、マジかよ。何でそんなもん忘れるんだ」

「私が聞きたいくらいですよ……」

「と、とにかく行ってくる。ギリギリかもしれんが」

「はい！　お願いします！　できればその後の車両も、念のため見てください」

「おう」

佐藤は電話を切り、慌てて立ち上がる。列車はすでに停車し、客が乗降を始めていた。佐藤は三番線ホームへと駆け出した。デスクの上で書類が舞い上がり、あちこちに散らばった。

三角屋根の駅舎が特徴的な、鐘ノ淵駅の管内電話がけたたましく鳴る。入社したばかりの青年、田中《たなか》がそれを取った。

「お待たせしゃした、こちら鐘ノ淵、応答は田中ッス」

「こちら藤乃沢、楠です。忘れ物の捜索願います」

「あれ、翔センパイ。お久しぶりス。忘れ物って、うちは捜索指定駅じゃないスよ？」

「お前ね、さっきの放送聞いてた？　重大忘れ物で捜索指定解除だよ」

「え、マジスか。すんません……」

「まあいいや。列車は一二〇五B、六号車最後尾付近、網棚。山側だ。念のため前後の上り列車も確認してもらえる？」

「いいスけど……重大忘れ物って？」

「黒のブリーフケースだ。驚くなよ、あの『明日の僕へ』の最終回原稿入りだ」

田中は飛び上がる。

「うええッ！　マジスか？　本庄和樹先生の？　俺ずっと読んでるんスよ、つうかもうバイブルなんで。見つけたら俺、読んでいいスか？」

「ダメに決まってるだろ！　とにかく頼む、急ぐんだ」

「盗まれたりしたら大変ッスもんね。わかってます。任せてください、絶対見つけてきます！」

電話を切り、田中も走り出した。勢い余って制帽が落ち、拾おうかと一度振り返るが、すぐに前を向いて床を蹴《け》った。

「あああ……見つかってくれ。見つかってくれ、頼む。頼む……神様、仏様……」

藤乃沢駅では、船戸がずっと両手を合わせて念じていた。その顔には脂汗が流れ、下半身は引っ切りなしに貧乏ゆすりをしている。

対して亜矢子は、蒼白な顔で俯いたまま、一点をぼうっと見つめていた。あまりのことに放心状態になっているのだろうか。その唇はきつく結ばれている。

遺失物係の一角は異様な雰囲気であった。

さくらが丘駅、鐘ノ淵駅と捜索依頼が終わり、佐保と翔はさらにその先の西向島駅《にしむこうじま》と鬼舟駅《おにふね》にも連絡をしている。停車する全ての駅で車内点検させるのだ。

「見つかりますよね、駅員さん！　ねえ、見つかりますよね……ああ、見つかりますよね……ねえ？　ねえ！」

すがりつくように聞く船戸に、壮太が言えることは少ない。

「ただいま、全力を挙げて捜索しております。連絡をお待ちください」

言葉に嘘《うそ》はない。基本的に忘れ物の捜索は捜索指定駅でしか行われない。そこで見つからなかった場合は、終点での回収、もしくはお客さんからの届け出を待つ形になる。

その原則を覆しての全駅点検を実施しているのだ。これは偽りなく蛍川鉄道総力での捜索を意味していた。

「ああ、ほんと、お願いします、なんとかして見つけてください。ほんと、お願いします……もう、頼む、ああ、お願いだあ……」

電車がすでに藤乃沢駅を離れてしまった以上、今の壮太には連絡を待つことしかできない。走り出して探しに行きたい気持ちをおさえ、電話の前でじっと座っているだけ。やきもきする。

その気持ちは七曲主任も、及川助役も同じだった。駅長もいつになく深刻そうな顔で、鉄道電話を見つめている。

その電話機の受信ランプが赤く光った。待ちに待った連絡だ。電子音が鳴るより早く、壮太は受話器を摑みとる。

「はい、こちら藤乃沢、夏目です」

「こちらさくらが丘の佐藤。重大忘れ物の件だが」

「はい」

壮太ばかりでなく、遺失物係にいる全員が固唾《かたず》をのんで次の言葉を待つ。

「……それらしきものは見つからない。六号車の後ろ半分を見たが、網棚は空っぽだ。海側山側両方見たが、間違いない。念のため次の各停も見たが、同様だった」

「了解です」

壮太は答え、及川助役を見て言う。

「さくらが丘、発見できずとのことです」

及川助役がぐっと歯を噛《か》みしめた。船戸が頭を抱えて悲鳴を上げる。その空気が伝わったのか、電話先の佐藤も申し訳なさそうに言った。

「すまんな。きちんと見たつもりだが……」

「いえ、佐藤さんのせいじゃありません。ありがとうございます」

「一応、他の駅務員にも注意するよう伝えておく。それらしきものが見つかったら、すぐ知らせるよ」

「お願いします」

壮太は電話を切る。誰ともなくため息が聞こえた。

「さくらが丘って、どこでしたっけ？　どこの駅でしたっけ？　あの、急行の止まる駅ですよね。どこでしたっけ」

　船戸が目を赤くしている。

「ここから十駅先になります」

　壮太が答えると、船戸は机に突っ伏した。

「そんな先ですか！　十駅？　十駅先！　ああ、そこで見つからなかったなんて！　もう、もうおしまいだ！　なくなったんだ！　取られたんだァ！　何もかも、終わりだ！」

「お客様、さくらが丘は停車時間ぎりぎりでしたので、じっくり見られなかったのかもしれません。次の駅ではもっとじっくり調べられると思いますので、もう少しお待ちください……」

　壮太は必死でなだめる。船戸はうんうんと頷きながら、頭をがりがりかきむしっていた。その頭髪はぐしゃぐしゃになっている。

　やや時間があって、電話が鳴った。

　今度こそ。壮太は受話器を取る。

「はい、藤乃沢、夏目です」

「こちら鐘ノ淵、田中ッス。壮太先輩もお久しぶりス。忘れ物捜索の報告、申し上げるス」

特徴的な、どこか妙な敬語が聞こえてくる。

「久しぶり。で、どうだった？」

壮太が聞く。船戸の視線が痛いほど注がれているのを感じる。

「それが……なかったッス」

「そう……」

壮太は少なからず落胆する。また、見つからない。

「すいてたんで、後方三両を全部確認しました。網棚と椅子の上も。でも黒いブリーフケースはなかったス。何人かのお客様にも聞いてみましたが、心当たりはないそうで。前後列車も同じス。確かにブリーフケースなんですよね。間違いじゃないスよね？」

「そのはずだけど」

「そうスか……じゃあ、なんででしょうね……とにかく、以上ス。お役に立てずスミマセン。あの、壮太先輩」

「ん？」

「次号の少年ソウル、ちゃんと出ますよね？　大丈夫スかね？」

何を聞くんだこいつは。

壮太は呆れながらも受け流す。

「うーん、僕にはわからないよ」

「そッスよね、スンマセン。じゃ、失礼します」

電話が切れる。壮太は及川助役に言う。

「鐘ノ淵駅も見つからずとのことです」

さすがに及川助役も首をひねった。七曲主任が横から口を出す。

「念のため、次の西向島では前方三両も見てもらったらどうだ？」

「そうですね。依頼しておきます」

翔が頷いて電話をかけ始める。

「お客様、忘れ物は黒のブリーフケースで間違いありませんよね。今日だけ、違う鞄《かばん》を使ったなどということは……」

壮太は、相変わらず微動だにせず俯いている亜矢子に聞いた。亜矢子はびくっと震えてから、おずおずと頷く。

「ええ、黒のブリーフケースで間違いありません。確かにそれに原稿を入れて、本庄和樹先生のお宅を出ました」

「了解です。すみません、念のため確認させていただきました」

壮太は頭を下げる。亜矢子はひどく思いつめた表情ではあったが、パニックにはなっていない。船戸の方がよほど狼狽《ろうばい》している。亜矢子の言っていることに間違いはなさそうだ。

そうすると、なぜ見つからないのだろう。該当の電車で、該当の場所で、置かれていたはずのものがない。

やはり、持ち去られてしまったのだろうか。

続いて西向島駅、さらにその先の鬼舟駅からも電話がかかってくる。対応していた佐保と翔が、順番に報告した。

「西向島、見つからず。三人態勢で前方三両も見たそうですが、なかったそうです！」

「鬼舟駅、発見できず。ブリーフケースどころか、鞄らしきものは一つもないそうです！」

　船戸の顔が青を通り越して緑のような色になってきていた。人にこんな顔色ができることを壮太は初めて知った。

「駅員さん……ああ……もう、夢だと言ってください……悪い夢だと……そうだ、このあたりに神棚はありませんか？　時間をさかのぼれる穴は？　電車を逆走させたら、時も引っ張られて戻ったりしませんかねえ……」

　言っていることがおかしくなってきた。船戸の横、亜矢子は無言のままだ。しかし歯を食いしばり、両手の指を固く絡めて握っていた。

「まだ、他の駅から発見報告はないよな？」

　及川助役があたりを見回して聞く。皆、黙って首を振る。

「このままだと、終点についちゃいますね」

　七曲主任が言った。

　蛍川鉄道は鬼舟駅の二つ先、松原大塚駅で終点だ。一二〇五B列車はあと十分ほどで、その東京側の端っこに到達しようとしていた。

「東京メトロやＪＲにも捜索依頼を出しておいた方がいいんじゃないですか、及川助役」

及川助役は頷く。蛍川鉄道は松原大塚駅で地下鉄日比谷《ひびや》線、さくらが丘《おか》駅ではＪＲ常磐《じょうばん》線とつくばエクスプレスにそれぞれ連絡している。もしかしたら忘れ物はそちらに届けられているのかもしれない。

及川助役は他社にも連絡を入れるよう佐保に指示した。それから亜矢子に質問する。

「お客様、お乗りになったのは川入駅とのことでしたね。念のためですが、途中駅でお降りになってはいませんよね？」

亜矢子は首を振る。

「では、川入で乗った際にブリーフケースはお持ちでしたか？」

「持っていた……はずです……」

亜矢子はぼかして言った。船戸はそれを聞き逃さない。

「おい、しっかり思い出せよ……頼むよ……お前、担当編集者だろう？『明日の僕へ』は立ち上げからずっと担当してるじゃないか？　それなのに、最後にこんな……なあ、しっかりしろよ……？」

「も、持っていました……」

及川助役は頷く。

「念のため、本当に念のためです。川入駅でも探してもらいましょう」

「お、お願いします」

船戸の言葉に頷き、及川助役は七曲主任を見た。

「七曲、川入駅に連絡頼む。構内捜索を依頼、ベンチの上から女子トイレの中までだ」

「了解しました」

七曲主任は電話機に向かう。

「それから、さくらが丘の手前の途中駅にも問い合わせよう。竹ヶ塚から碓井《うすい》まで九駅、全部。念には念を入れるんだ。絶対に見つけ出せ」

「はい」

佐保も駆け出す。

再び藤乃沢の管内電話がフル稼働し、あちこちに連絡が飛ぶ。

壮太は一人、考え込んでいた。

亜矢子の記憶を疑い、漏《も》れがないように捜索すべきという、及川助役の判断は正しい。毎日のように鉄道を利用していると、一回一回の記憶は結構曖昧になるものだ。急行に乗ったのが今日だったのか昨日だったのか。網棚に載せたのがいつだったのか、荷物を持っていたのかいなかったのか。忘れてしまうお客さんは数多い。

だが……。

どこか違和感が残り、壮太は亜矢子の顔を見つめた。亜矢子は白い顔で、申し訳なさそうに自分の指先を見ている。

翔が電話に出て、しばらく話してから壮太たちに言った。

「官人町《かんじんちょう》駅、見つからずです。発車時刻を三分遅らせて確認したそうですが、発見できなかったとのこと」

ダイヤを乱してまでの捜索は、最終手段である。だが、効果は得られなかった。

室内に悲愴な空気が漂い始めた。

「おい、お前……ああ、どうしてそんなミスを……お前らしくないよ、ああ、神様……仏様ァ……」

船戸は頭を抱えて小声でずっとぼやいている。目はうつろだ。言葉を口に出している自覚がないようにも思えた。

「ど、ど、どうすればいいんだ？　休載？　それじゃすまない。だいたい本庄和樹先生に、何と言ってお詫《わ》びすれば？　許してくれるわけがない。ああ、社長が何て言うか……いや、それよりも六年間ありがとうキャンペーンのスケジュールが……玩具会社にお伝えしなくては。いや、広告代理店が先か……？　ああ、全てがパアだ。損害はいったいいくらになるんだ……？」

亜矢子はそれを黙って聞いていた。どんな処分も覚悟している、そんな悲痛な面持ちだった。

時間は刻一刻と過ぎていく。

「なあ、亜矢子君」

ふと船戸が顔を上げ、はっきりとした口調で言った。

「……はい」

「そろそろ、本庄和樹先生には一報を入れておいた方がいいかもしれない……」

「そうですね」

「どうする？　亜矢子君から電話するか。それとも俺がかけるか？　どっちの方がいいと思う？」

「…………」

亜矢子も決めかねているようだった。船戸はため息をつき、決意したように立ち上がった。

「いや、亜矢子君は駅員さんとのやり取りをしてた方がいいな。俺からかけよう。すみません、ちょっと外します」

携帯電話を耳に当て、船戸は遺失物係の部屋から出て行った。ガラス戸の向こうで、何度も頭を下げながら通話しているのが見える。

ガラス戸を隔ててなおはっきりと、携帯電話から漏れる甲高い怒声が聞こえてきた。

「川入駅、構内捜索完了だそうです。しかし、それらしきもの発見できずとのことでした」

佐保が受話器を置いた。また一つ望みが消えた。

「構内を二度、総出で見てくれたそうですが……これでもないとなると……」

楽天家の佐保も、絶望的な表情をしていた。もう打てる手は全て打った。残された可能性はわずかしかない。誰かが見つけて、今まさに駅に届けようとしているか。それとも、持ち去られてしまったか。

「松原大塚駅より連絡です！」

二つ隣のデスクで、翔が声を上げた。

蛍川鉄道の終点、松原大塚駅。最後の頼みの綱だ。

見つかってくれ……。

みなその一念で、翔の言葉の続きを待っている。

「松原大塚、見つからず。折り返しの車内確認で全車両点検したそうですが、なかったとのことです」

「それでもないのか……」

七曲主任が落胆する。

「どうでしたか、見つかりましたか？」

携帯電話をポケットにしまいながら、ガラス戸を開けて船戸が入ってきた。漫画家の本庄和樹に相当怒られたらしく、ぐったりとした顔であった。

「残念ながら、まだ見つかりません」

壮太が告げると、船戸は乾いた笑いを漏らした。顔は引きつっている。

「そうですか。そうですか、いや、わかってました。そんな顔してましたから。まあ、そううまくはいきませんよね……」

それから亜矢子の隣に座る。

「本庄先生、とりあえずこちらに来るそうだ」

「えっ？　これから来るんですか？　ここに？」

ずっと凍りついたような顔をしていた亜矢子が、初めて感情を露《あら》わにする。亜矢子は明らかに慌てていた。船戸は頷く。

「アシスタントさんが付き添って、タクシーで来るらしい。とにかく待とう。土下座することになるかもしれない……覚悟は、しておくんだ」

「ああ……そうですか……」

亜矢子は窮して目を閉じた。今にも泣き出しそうだ。上を向き、唇を噛んで、こらえている。

「各駅に再度連絡だ、再捜索を依頼。お客様にもお声掛けして、黒いブリーフケースを見なかったか聞くんだ。駅の近くに交番がある駅は、交番にも問い合わせを」

「はい！」

佐保と翔が、電話をかけ始める。及川助役はまだ諦《あきら》めていない。壮太も必死で考えていた。他に、何か手はないのか。

「……そうだ」

電車は松原大塚駅に到着した。車掌と運転士もそこで降り、次に乗る電車までしばし休憩となる。今なら車掌の恵美に連絡が取れる。該当の一二〇五Bに乗っていた、恵美に。

「松原大塚の車掌区に連絡してみます」

壮太は言い、すぐに電話を取って番号を入力した。


「あ、壮太、やあっほー」

ほんわかした声で、恵美がすぐに電話に出た。車掌区で一番の下っ端だから、電話係なのかもしれない。

「恵美、相変わらずだね」

「うん。今日も仕事、楽だよん」

「まあいいけど。ねえ恵美、一二〇五B列車の車掌やってたよね？」

「うん。さっき降りた。今、休憩中よー。何のご用？」

「お客さんから忘れ物の届けとか、なかった？」

壮太は切り出す。

これが最後の望みだった。車内の忘れ物を車掌に届けるお客さんもいる。もしくは、交代の際に忘れ物に気づけば、車掌が回収していることもある。恵美の元に黒いブリーフケースがないだろうか……。

「ないよん」

壮太の淡い希望を恵美は一撃で粉砕した。

「そ、そう……」

「なんで？」

「重大忘れ物なんだ。黒いブリーフケースで」

「ああ、何か指令が言ってたね。あれまだ見つかってなかったんだあ」

何というゆるい反応。壮太はため息をつく。こっちは大騒ぎだというのに、駅員と車掌の温度差はこんなものか。

「まだ捜索中だよ。ここまでの全駅を当たったんだけど、どこからも発見連絡はなし。車掌室のすぐそばに忘れたらしいんだけど……」

「車掌室のそばかあ。でも黒いブリーフケース……持ってる人見た気がするな」

「えっ？」

壮太は身を乗り出す。

「どこで？」

壮太に、周りの全員が注目する。船戸は過呼吸になりそうなほど息を荒くしている。

「どこの駅だか忘れたけど、女の人が持って降りたよ」

「女の人が持って降りただって？」

壮太は思わず復唱した。

ぎゃあと船戸が絶叫した。亜矢子が身を固めて目を閉じた。

「盗んだ！　盗まれた！　ああ、ああ、泥棒だ！　誰だ、返せ、返せ！　返してくれ、頼む、うわあああああ、警察！　警察だ！　警察を早く呼んでくれえ――ッ！」

腕を上げ下げし、足をばたつかせてめちゃくちゃに暴れる船戸。取り押さえる七曲主任。がっくりと肩を落とす及川助役。駅長は無表情のままだったが、かすかに髭を動かした。

こちらの阿鼻叫喚《あびきようかん》を知ってか知らずか、恵美はのんびりと続けた。

「いい人そうな女性だったし、今頃駅に届けられてるんじゃないの――？」

それを聞きながら、壮太の頭の中で一つ閃《ひらめ》きが駆け抜けた。


「……まさか」

壮太は呟《つぶや》いた。

そんなことがあるだろうか。浮かんだ仮説を否定するつもりで掘り下げる。しかしいくつもの事象がそれに繋がり、次第に確信に変わっていく。

そうか。

船戸の両手を摑んで宥《なだ》める七曲主任に、壮太は耳打ちする。

「すみません、七曲主任。少しの間でいいんで……船戸さんを、外に連れ出してもらえませんか」

「んあ？　まあ、構わねえよ。ってか……そうしようと思ってたとこだ」

七曲主任は頷き、力ずくで船戸を外に引っ張り出していく。

「佐保さんと駅長も、船戸さんを落ち着かせておいてください」

佐保は首を傾げたが、壮太の真剣な表情を見て頷く。

「何だかわかんないけど、わかったよ」

駅長も佐保の後ろからついていく。駅長は無口だが人の心を和らげるのがうまく、こういう時には頼りになる。佐保は怒っているお客さんを受け流す才能が随一だ。腕っぷしの強い七曲主任に加えて彼らがいれば、船戸の相手は大丈夫だろう。

遺失物係のデスクには亜矢子が残された。

「どういうことだ、壮太」

及川助役が訝《いぶか》しむ。壮太はそれに答えず、亜矢子に質問した。

「亜矢子さん。一つ質問してもいいでしょうか。この紙袋の中身って、何ですか？」

デスクに置かれた黒い紙袋。中には四角いものが詰まっている。

「本庄和樹先生のサイン色紙です。今日一緒に受け取ってきたんです。六年間ありがとうキャンペーンで、ファンに抽選でプレゼントすることになっていまして……」

なるほどと壮太は納得する。だからこんなに厳重にしまってあるのか。そしてさらに自分の仮説に自信を持った。亜矢子が壮太を見て口を開いた。

「もし確認が必要なら、中を見ますか」

「いえ、その必要はないです」

「え？　俺は見たいけど……」

翔の天然な発言が聞こえたが、無視する。壮太は亜矢子の目を見て静かに切り出した。

「亜矢子さん。失礼かと思いますが、もう一つだけ質問させてください」

「何でしょう」

「今回の忘れ物なんですが……本当に、忘れ物なんですか？」

「……え？」

「ひょっとして、ですが。忘れられ物……ではありませんか？」

亜矢子の瞳孔《どうこう》が縮んだ。そしてしばらくして、その顔が歪む。ぽろりと涙が一粒、亜矢子の瞳から落ちた。

「やっぱり、そうだったんですね」

壮太は言う。先ほどから亜矢子はしきりに頭を下げ「すみませんでした」と繰り返している。

他の全員がわけがわからずに、互いに顔を見合わせている。

「おい、壮太。意味がわからないぞ。説明しろよ」

翔に言われ、壮太は口を開いた。

「停車した駅のどこでも発見できず、松原大塚駅では全車両を見たのに、黒いブリーフケースはありませんでした。でも、さっき僕が一二〇五B列車の車掌に聞いたところ、それらしきブリーフケースを持って降りた女性がいた、と言っていたんです」

「それは聞いてたよ。だけど発見報告はいまだにないじゃないか」

「ええ。もうずいぶん時間がたっています。だから、その女性が持ち去ったのだと思います」

「それで、どうしてそんなに落ち着いていられるんだ？」

「ええとですね。僕は、最初から違和感があったんですよ」

壮太はデスクの上のメモ帳を見つめながら続ける。

「亜矢子さんは漫画編集者です。それも『明日の僕へ』は立ち上げから担当されていたそうですよね。本庄和樹先生と一緒に長いこと、頑張り続けてきたんだと思います。最初の打ち合わせの時も、トップ人気を取ってからも。人気の絶頂で、本庄先生が病気に倒れてしまった。それでもずっと担当編集者だった。本庄先生と亜矢子さんは、互いに強く信頼し合っているのだと思います。このサイン色紙を見てください。ビニール袋に二重に包まれて、さらに紙袋に入れられている。とても大切に持ち運んでいます」

「仕事なんだからそれくらいするんじゃないか」

「そんな人が、原稿を置き忘れたりするでしょうか」

「でも、実際に置き忘れたんだろ？」

翔は首を傾げる。

「もっとおかしいことがあります。先ほど亜矢子さんは、電車の中で『紙袋を膝の上に置いていた』と言いました」

「何がおかしいんだよ。大事に扱っているんだから当然……ん？」

翔がはっと口を開く。壮太が頷いた。

「そうなんです。サイン色紙よりも重要なものを、亜矢子さんはまだ持っていたはずなんですよ」

「そうか……原稿か」

「見てください。亜矢子さんはサイン色紙ですら、床に置かずにデスクの上にそっと載せるほど大切に扱っています。そんな人が、それ以上に重要な原稿の入ったブリーフケースを手元から離して、網棚に載せたりするでしょうか？」

亜矢子は相変わらず申し訳なさそうに目を伏せている。

「僕は、原稿こそ大切に手元に置くんじゃないかと思います。紙袋が膝の上なら、ブリーフケースは胸に抱いていてもおかしくないくらいです」

「確かに……」

「それだけじゃありません。亜矢子さんは落ち込んだ様子でしたが、話の内容ははっきりしていました。少なくとも乗った車両や、座った座席を覚えていました。時刻などに関しては、ある程度具体的に回答いただきました。また、電車の行き先など、覚えていないことに関してははっきり『覚えていない』と言ってくださいました」

うむ、と及川助役が首肯《しゅこう》する。

「しかしブリーフケースをどこに置いたかについてだけは、違ったんです」

どうだったっけ、と翔が腕組みをして目を閉じる。

「亜矢子さんはその時、『たしか網棚に載せた』と曖昧な様子だったんです。ちょっとちぐはぐだなって、僕は思いました」

「よく覚えてるな。で、それがどうしたんだ」

「つまり、嘘だったのではないでしょうか」

壮太はさらりと言った。

「何？」

これには及川助役も驚いて目の色を変えた。

「どういうことだ、壮太」

「きっと、そこだけ嘘をついたんですよ。亜矢子さんは、ブリーフケースを網棚に置いてなどいないんです」

「待て待て。じゃあ、亜矢子さんはどこに忘れ物をしたんだ？　どこでブリーフケースはなくなったんだ？」

「亜矢子さんは、ブリーフケースを大切に手元に置いていたのではないでしょうか。

車掌の恵美が見た『ブリーフケースを持って降りた女性』とは亜矢子さん本人だったのだと思います。亜矢子さんがここにいる以上、亜矢子さんはブリーフケースを持ったまま、この藤乃沢駅で下車したのだと思います」

「おい、それってまさか……」

翔が信じられない、という顔で壮太を見る。亜矢子からの否定はない。

「ええ。亜矢子さんはブリーフケースを忘れてなどいないんです。藤乃沢で下車してから遺失物係に来るまで、二十分ほどかかったそうですね。その間に藤乃沢駅の構内、どこかに隠したのではないでしょうか。そして忘れたということにして、上司の船戸氏に連絡し、ここにやってきた」

翔が絶句する。壮太は言った。

「ブリーフケースは『忘れた』のではなく『忘れられた』んですよ」

「亜矢子！　何てことをしでかしたんだよ！」

ガラス戸が開き、声がした。髪を金に染め、眼鏡をかけた長身の女性がハイヒールを鳴らして入ってくる。その後ろから腰を低くした船戸が、続いて七曲主任と佐保と駅長も、入ってくる。船戸はすっかりおとなしくなっていた。

「本庄先生ッ……」

亜矢子は泣き顔で女性を見た。

「原稿をなくすだなんて！　私に何の相談もなしに！」

女性は亜矢子に駆け寄ると、肩に手を置いた。その指には墨らしき黒い汚れが付着している。本庄和樹が女性だったことを知り、壮太は目を丸くした。

「バカだよ、あんた。本当にバカ。何やってんの、本当に……」

本庄和樹は亜矢子を責めていた。しかしその口調からは怒りと言うよりは、気遣うような気配が感じられた。

「ありましたッ！　女子トイレでした！」

黒のブリーフケースを掲げて一人の駅務員が駆け込んできた。藤乃沢駅の構内に隠されたと聞いて、探しに出ていた者だ。

「便器の陰に置かれていました。御確認お願いします」

黒のブリーフケースが亜矢子に差し出される。亜矢子はそれを受け取り、観念したように小声で「間違いないです」と答えた。船戸が亜矢子の手からひったくるようにして、ブリーフケースを奪った。中を開くと、美しいカラーの原稿が現れた。

「おい、どういうことだ？　亜矢子君、原稿はなくしていなかったのか？」

船戸が安堵《あんど》と困惑の混ざり合った表情で聞いた。

「嘘……だったのか？　な、何のために……？」

本庄和樹が船戸と亜矢子の間に入った。

「待って編集長！　亜矢子は悪くない！」

「な、何ですって？」

「悪いのは私なんだよ。亜矢子は、私を守ろうとしたんだ」

「どういうことですか、本庄先生」

「私は、ヨシハルを殺したかったんだ！　亜矢子は私のために、原稿を捨てたんだよ！」

本庄和樹は叫んだ。

「ヨシハルって、『明日の僕へ』の主人公だよな……」

翔が呟く。

「何を言ってるんですか！　主人公が敗れた上に、死んで終わりなんて、ダメだって言ったじゃありませんか！　少年漫画なんですよ、これは？」

船戸が原稿を摑んだまま叫ぶ。本庄も応じる。

「わかってるよ。私だって、それはわかってる」

「いいえ、本庄先生は本当の意味でわかってはいませんよ。『明日の僕へ』はただの少年漫画じゃない。五百万の初版がはけるほどの看板漫画なんです。何百万の読者が待ってるんです。その漫画で、希望を謳《うた》い続けてきたこの漫画で、最後にヨシハルが死ぬだなんてありえません。ハッピーエンドにしなくては……」

「わかってるよ。わかってるよ。けど、けど、どうしても、できないんだ。ヨシハルが、セイヤが、ホシナたちが、その終わり方に向かってくれないんだよ。無理にそっちへ持っていこうとすると、彼らが動いてくれないんだ。私にはもう、この物語は制御できないんだよ」

本庄和樹は歯を食いしばり、必死で言葉を絞り出す。

「制御するのが、作家の仕事でしょう！」

「だって。もう、『明日の僕へ』は私がどうこうできるものじゃないの。この漫画の中では、ヨシハルたちが生きてる。一生懸命、必死に戦い続けてる。生きてるものの必然として……ヨシハルは最後に死んでしまうんだよ。それ以外、考えられない。それ以外のイメージが、絵が、浮かばない。私だって悲しいけど、でも仕方ない。それはそれで、一つの世界なんだ。その世界の理を歪ませるなんて、私にはできない……」

「それをどうにかするのがプロなんですよ、本庄先生！　いいですか、作品は先生が一人で描いているものじゃない。多くの人間が関わっているんです。巨額の金銭も動いている。玩具会社が、映画のスポンサーが、株主が、うちの会社も、それに読者だって！　望んでいる作品というものがあるんです。『明日の僕へ』が先生の手を離れたというなら、そういうことですよ。我々は、必要な商品を作っていただくために、原稿料をお支払いしているんです！」

「わかってるよ！」

本庄和樹は怒鳴った。

「わかってるから、描いたんじゃないかあ……」

「……え？」

船戸は手にしたカラー原稿を見る。そしてぱらぱらとめくった。

「……ヨシハルが……勝っている……」

最後まで読み終え、船戸は本庄を見た。

「先生。この原稿、ハッピーエンドに……」

「そうだよ。言われた通りにやったんだ。無理やりにね。ヨシハルたちの考えを歪めて、彼らの運命を変えたんだよ。苦しかった。辛《つら》かった。これまでずっと大切に育ててきた作品、私の大好きな作品だったけど……でもこの最終回で大嫌いになったよ。ううん、違うか……私は自分が大嫌いになったんだ。ヨシハルたちを裏切ってしまった、自分のことがね」

本庄和樹は歯を食いしばりながらも、泣き出していた。創作者としての懊悩《おうのう》が、水滴となって滴《したた》り落ちた。眼鏡を取って目を拭《ぬぐ》う。その目は病状が進行しているのか、どこか焦点がおぼつかなく見えた。亜矢子が立ち上がり、本庄にハンカチを差し出す。

「私……言ってしまったんだ。亜矢子に、言ってしまったんだ。こんな原稿、描きたくなかったって。こんな原稿を公開するんだったら、なくなってしまえばいいって！　消えて、焼けて灰になって、ずっと『明日の僕へ』は完結しない方がマシだって！」

船戸は亜矢子を見る。

亜矢子は黙ったままだったが、その目は本庄和樹に向けられていた。

「亜矢子が！　亜矢子が、ずっと……私と編集長の間に立って苦労してるの、知ってたのにッ……」

本庄和樹が泣き崩れる。

「本庄先生……」

亜矢子も目を赤くして、その隣に寄り添った。

「ずっと一緒にやってきた。悩んだ時も、困った時も、亜矢子が意見を出してくれた。私を気遣ってくれて、元気づけてくれた。取材だって何度も助けてもらったし……ご飯だって作ってくれたんだよ。腰痛にきくクッションだって……新しい定規だって！　今のアシスタントさんですら、みんな亜矢子が準備してくれたんだ！」

「亜矢子君、君は」

船戸が言い澱《よど》む。

「一緒に描き続けてきたんだ。『明日の僕へ』の作者は私じゃない。私と亜矢子なんだ。その亜矢子が……私よりも作品のことを考えていたかもしれない亜矢子が……ハッピーエンドを強制されて辛くなかったわけがないのに……」

亜矢子が本庄和樹の背をなでる。優しさに満ちた、慣れた動作だった。

「そんな亜矢子に、私は一方的に感情をぶつけてしまった……」

本庄和樹は目を拭う。泣いても、泣いても涙は溢れてきていた。

船戸が狼狽する。

「た、確かに亜矢子君は『明日の僕へ』のハッピーエンドに最後まで反対していたが……」

「知ってるよ。亜矢子が最後まで反対してくれたのも。それを編集長、あんたが押し切ったのもね。知ってる」

「だが、これは編集会議で決まったことであって」

「亜矢子もそう言った。ハッピーエンドにしてほしいと私に伝える時、悔し涙を流しながら、歯を食いしばって腕を震わせながらそう言った。だから私、頑張ったんだ。亜矢子が最後まで戦ってくれたってわかってたから、嫌だったけど描いたんだよ。出版社のためじゃない。亜矢子のために描いた」

「…………」

「でも、私、自分勝手だった。原稿だけ完成させて、やりきった気になってた。自分の辛さばかり考えてて、亜矢子のこと考えてなかった……」

「そんなことありません！」

亜矢子が強い口調で言った。本庄和樹は言い返す。

「あるよ！　だからあんた、原稿なくそうとしたんでしょう？　あの、私がなくなってしまえばいいと言った原稿を……出版社に持って帰らなかった。途中でわざとなくした。すぐピンと来たよ、他の編集者ならまだしも、あんたが原稿を忘れるはずないもの！」

「そ、それは」

「なくなった原稿も、六年間ありがとうキャンペーンも、映画も、株価も、全部の責任を自分がかぶって、『明日の僕へ』を未完で終わらせるつもりだったんでしょ？　あんたの考えることくらいわかる、何年の付き合いだと思ってるのさ！」

「…………」

亜矢子は唇を嚙んだ。

「そんなことさせない。亜矢子……あんたにだけそんなことさせないよ」

おろおろしている船戸に本庄和樹は素早く近づくと、カラー原稿を摑み、奪い取った。

そしてそれを手にし、亜矢子と一緒に持った。

右を本庄和樹が。左を亜矢子が摑む。

「『明日の僕へ』は、最後まで、亜矢子と私の作品だ。最後まで……」

「ああ、何をする。やめろ！」

船戸が叫んだ。しかしもう遅かった。

「一緒だ」

本庄和樹が言った。亜矢子が頷く。

そして、原稿は真っ二つに裂かれた。

「本当に、お騒がせしました」

亜矢子は何度も頭を下げた。

「私の狂言で、皆さんにお手間をかけさせてしまい……何とお詫びしていいかわかりません」

「いえ、とりあえず見つかって、良かったです。でも今後はやめて……」

　型通りの対応をしようとした七曲主任の口を、及川助役が封じる。そしてにっこりと笑った。

「今回は不問にさせていただきます。その代わり、もし作品のキャンペーンなどやることがございましたら、うちの鉄道も企画に使ってください」

「さすがですね、ここで営業かけるかあ、助役は」

　翔が感心している。亜矢子は涙のあとが残った顔で笑った。

「ありがとうございます。その時は、是非お声掛けさせていただきます」

「私からも謝ります。お騒がせして、本当にごめんなさい」

　本庄和樹も頭を下げた。さらりと金髪が揺れた。

　確かに目はあまり見えていないらしい。足取りがややあぶなっかしい。しかし亜矢子が、その手をそっと本庄の腰に当てて支えている。本庄和樹はそれを信頼して足を動かしている。心の通じ合った者同士の振る舞い。まるで姉妹のようであった。名作『明日の僕へ』は二人三脚で、ヒットを勝ち得たのだということが、よくわかった。

　本庄の付き添いで来たアシスタントらしき男性は、船戸の方に肩を貸していた。目の前で原稿を失った船戸は、紙片を前に魂が抜けたように呆然《ぼうぜん》と脱力していた。自分では立ち上がれず、アシスタントに支えられて何とか遺失物係を出て行く。

「私は……間違っていたのかな」

ぼそりと、そんな言葉を残して。

「『明日の僕へ』大好きです。あの、良かったらサインをいただけませんか」

呑気な声で言ったのは翔だ。

「こら翔、こんな時に図々しいぞ」

七曲主任がたしなめたが、本庄和樹は笑った。

「ハハハ、いいですよ。読んでくださってありがとうございます」

快く翔の手帳にペンを走らせる。さすがプロだけあって、見事なタッチだった。あっという間に主人公たちの立ち絵が完成していく。

「あの……」

壮太は亜矢子に言った。

「『明日の僕へ』応援してます。それが、たとえ最終回なしという結末だったとしても、僕は応援してますから」

「ありがとうございます」

亜矢子は頭を下げた。それから壮太の胸にある名札を見て、言った。

「こんなこと言うの、図々しいかもしれませんけど……夏目さんには、驚きました」

「え？　僕ですか？」

「はい。よくわかりましたね。私がわざと忘れたってこと。絶対に自分からは言わないつもりだったのに。まさか言い当てられちゃうなんて」

「いやあ……というか、ちゃんと言ってくださいよ、そこは」

「……ですよね。本当にごめんなさい」

亜矢子は改めて謝罪する。小柄でか弱そうではあるが、その目は意思を帯びて光っている。芯《しん》が強い女性なのだろうな、と壮太は思った。

「私、知らなかったんです。忘れ物を駅員さんがあんなに探してくれるなんて。何かメモにでも書き残して、見つかったら連絡します、程度だと思ってたんです。だから船戸さんに『原稿をなくした』と伝えた時、『とにかく遺失物係に行け、俺も後から行く』って言われて素直に来たんです。ですが、どんどん事が大きくなってしまって、途中からもう、本当に申し訳なくて……」

「そうですか？　さすがに全駅捜索はめったにないですが、どんな忘れ物でも僕たちはできる限り探していますよ。いつも利用してくださっているお客様のためなら、当たり前です」

　亜矢子は微笑んだ。

「プロですね。尊敬します。私も、頑張らないと……」

「そうだ。亜矢子さん、ちょっと聞きたいことがあるんですが」

「何ですか？」

「その、素朴な疑問なんですけれど。ブリーフケースなんですが、どうして女子トイレに置き去りにしたんですか」

「え？」

　壮太は小さな声で続ける。

「つまりですね、亜矢子さんはあの原稿をなくしたかったわけですよね。だったらゴミ箱に捨てるとか、他にいくらでも確実なやり方があったと思うんです。なのにただ置くだけなんて。見つけたお客さんによっては、そのまま届けられたかもしれませんよね」

「ツメが甘い、ですか？」

「え？　いや……その」

「夏目さんの言う通りかもしれませんね。私は甘いです。そうやって、自分の感情を殺しきれないあたりが、私が編集者としてまだまだ未熟なところなんだと思います」

亜矢子は少し俯き、床を見た。

「でも私、できなかったんです……」

壮太は亜矢子の小さな体を見る。たった一人で編集長と、最大手の出版社と、様々な利害関係で絡まり合った業界と、正面から戦おうとしていた、その体を見る。

「本庄先生が……あの天才が、魂を込めて作った原稿を……たとえ消えてほしいような、不本意な原稿であっても……ゴミ箱に捨てるなんて、できなかったんですよ」

亜矢子はそう言って、一つまばたきをした。


「明日の僕へ」の最終回は、三週間の休載を挟んで無事、週刊少年ソウルに掲載された。その展開は読者の予想を裏切るバッドエンドであり、賛否両論を巻き起こした。

こうして「明日の僕へ」は六年の連載にピリオドを打つ。

最終回の載った週刊少年ソウルの巻末には、作者、本庄和樹の最後のコメントが残されている。

「読者の皆様、編集長の船戸さん、担当編集の亜矢子、それから蛍川鉄道の皆様へ。本当にありがとうございました。本庄和樹」

幕間　俊平の憂鬱　その二

あまりいい手ごたえではなかった面接の帰り。俊平は吊革に体重を預け、蛍川鉄道に揺られていた。

ああ、あの漫画終わったのか……。

ふと網棚に置き去りにされた漫画雑誌を見て、心の中で思った。俊平がまだ高校生だった頃に始まったその漫画。最初のライバルと共闘し始めるまでは夢中になって読んだが、やがて興味を失ってしまった。いつの間にか映画化されゲーム化され、コミックスも相当売れているということだけは知っている。

いいよな、才能を見出してもらえた奴は……。

好きな漫画を好きなように描いているだけで、莫大な金が転がり込むのだ。羨《うらや》ましかった。

俺にだって才能はあるはずなのだ。本気でやれば、その辺のサラリーマンなんか目じゃないはずだ。だが肝心の、才能を見出してくれる人がいない。見る目のない面接官たちのせいで、今日もこうして疲れて電車に揺られている。

「次はさくらが丘、さくらが丘……」

アナウンスが聞こえた。ふと社会人の姉のことを思う。

俊平は少し迷ってから、さくらが丘のホームに降りた。


「姉ちゃん、今日泊めてくれよ」

俊平はさくらが丘に住む姉のアパートを訪れていた。寝ぼけ眼《まなこ》で扉を開けた姉は、快く彼を迎え入れてくれた。

「別にいいけど。どしたの、スーツ姿で？」

「就活だよ。姉ちゃんこそ、パジャマって……もう寝てたの？」

俊平は腕時計を見る。まだ十七時半である。

「んー。今起きたとこ」

姉は大あくびをして、体を伸ばした。ハート柄のついたパジャマは、ボタンが一つ掛け違っており、その下のボタンが全部ずれている。相変わらずちょっと抜けた姉だ、と思う俊平の前で胸がぶるんと揺れた。

「……今起きたって？」

「うん。昨日、ちょっとでっかい仕事にケリがついてさ。今日は有給取って、朝から寝てたんだ。それまで連日徹夜だったんだよお」

「ふうん……お疲れ様」

俊平はスーツを手近なハンガーにかける。会社員は大変だなと思う反面、きちんと会社で働いている姉が羨ましくも思えた。

「飲む？」

姉はパジャマのまま、冷蔵庫からビールを取り出している。俊平は首を振った。

「やめとく。明日また面接だから」

「そっか。母さんたちには、泊まるって伝えてるの？」

「もちろん。それに、明日には帰る」

「ん。ならいい」

姉はそれ以上聞かなかった。

俊平の暗い表情から、おそらく就活がうまくいっていないと察してはいるだろう。しかしとやかく言われるのを嫌がることも知っている。だからあれこれ口は出さない。そこが両親と違う、姉のいいところだ。

「家、居心地わりいんだ」

俊平の両親ときたら、顔を合わせれば就活のことばかり聞いてきて、うんざりする。

「俊平を心配してるんだよ」

「それはわかってるけど」

そう、嫌と言うほどわかっている。両親は決して俊平を詰問するわけではない。遠慮がちに、猫なで声で俊平に接するのだ。だから余計に居づらい。期待と配慮が俊平を袋小路に追い込む。両親もまたストレスを抱えているだろう。そのせいか最近、夫婦喧嘩《げんか》が多い。家の空気も澱んでいるようだ。

全ての原因が自分だと思うと、より情けない気分になった。

「明日鉄道が止まればいいのに」

ふと暗い気持ちが口からこぼれ出た。

ビールを舐《な》めていた姉は、ふふっと小さく笑った。

「俊平って子供の頃から、そういうこと言うよね」

「え？　そうだっけ」

「そうそう。試験前とか。センター試験の前もそうだったし」

「口癖になってるのかな」

俊平は苦笑いして自分の顎《あご》をこする。

「止まればいいと思って、実際に止まったことってある？」

「それが、全然ないんだよなあ……せいぜい遅延くらいで」

「だよね。諦めて面接行きなさい」

姉は半分からかうように言った。俊平は頭をかく。

「わかってるよ。言ってみただけだって」

「……考えてみれば、凄《すご》いよね。電車って」

「え？」

「だって、毎日動き続けてるわけじゃん。凄いことだよ」

「そう？　同じことを繰り返してるだけじゃないか。誰でもできるって」

俊平は言った。鉄道なんて、地味な仕事の典型だと思った。創造的でもなければ、先進的でもない。同じことを同じように繰り返すだけ。根気はいるかもしれないが、才能はいらないように思えた。

姉は斜め上に視線をやり、缶を傾ける。

「私はそうは思わないなー。お姉ちゃん、鉄道員さんってかっこいいと思うよ」

「まあ、姉ちゃんがそう思うのは勝手だけど」

「俊平、鉄道会社とか受けてみれば？　やりがいあるかもよ」

「鉄道にやりがいだって？」

俊平は椅子をがたんと鳴らして立ち上がった。姉は善意で言ったのだろうが、何だか自分の就活を否定されたような気がした。社会の歯車になりたくないから、少しでも自分の才能を活《い》かせる会社を探したいから、頑張って歩き回っているというのに。

姉は動じなかった。缶で鼻から下を隠し、その丸い目で俊平を見る。

「うん。お姉ちゃん、変なこと言ってるかな？」

「変って言うか……俺のことわかってないよ」

「でもさ」

こん、と缶がテーブルに置かれる。しゅわしゅわと炭酸の弾《はじ》ける音がした。

「俊平だって、鉄道のことそんなに知ってるわけじゃないよね」

姉は片眉を上げて笑った。

二章　清江と、化けて出たダーリン

しとしとと冷たい雨の降る日であった。

夕方のラッシュが落ち着くと早番の駅員はそろそろ眠る時間となる。窓口に座る壮太は時計を確認して、それではお疲れ様です、とみんなに切り出そうとした。

その時佐保が、壮太を睨みつけて言った。

「昨日、また出たのよ」

「何がですか？　ゴキブリでも？」

「違うって！　幽霊よ！」

そうですか、と壮太は受け流す。しかし佐保は食い下がった。話の続きを聞きたいでしょうと言わんばかりに、顔を近づけてくる。

「昨日の早番は佐保さんでしたね。その時ですか？」

「うん」

佐保は厳《おごそ》かに頷くと、声色を下げた。

「あれは……早朝。まだ日も昇っていない時間。目覚ましより早く起きた私が、着替えていると……ふと、奇妙な物音に気がついた。何だろう？　振り返った私の前にあったのは……」

「では、お疲れ様です」

壮太は立ち上がる。

「話聞いてよ！」

「だって……僕、お化《ば》けとか興味ないんですよ。佐保さんもご存じですよね？　だからそういう話されても困ると言いますか」

「何でさ」

「何でって言われましても。そもそも、これまでお化けを見たことがありませんし」

「見たことがないからこそ、怖いんじゃん！　どうする？　ずっと壮太ちゃんの死角から、お化けが見てたら……？　シャンプーしている間に天井から覗《のぞ》いてるかも。テレビ見ている時に背後にいるかも。ああ、想像しただけで怖いッ！」

「死角にずっといてくれるなら、怖くないじゃないですか」

　壮太は首を傾げる。

「たまに死角から出てきちゃうんだよ！　にゅって」

「うっかりさんということですか？　なんだかひょうきんですね」

「ち、違う！　うっかりなわけじゃなくて、怖がらせようとしてくるんだよ。自分の存在を気づかせようとしてくるの」

「つまり、構ってほしがりなのでしょうか」

　壮太は一応真面目《まじめ》に考えているのだが、どうしてもそれが恐ろしいイメージに結びつかない。

「もーっ！　壮太ちゃんがわかってくれない！」

　佐保は頰を膨らませた。

　霊というものが実在するとして、藤乃沢駅で霊感があると思われるのは、中井佐保だけである。オカルトに造詣《ぞうけい》の深い彼女は、たまに夜の駅舎で立ち止まっては「今、いるね」などと言ったりする。おそらく佐保はそこからオカルト話に発展させたいのだろうが、あいにく壮太は話し相手にならない。せいぜい「ほんとだ、カナブンがいました」程度の返答があるばかりだ。

「駅長！　駅長ならわかってくれますよね？」

佐保は叫ぶ。

デスクに座り、ぼうっとダイヤグラムを眺めていた駅長がぴくりと髭を動かした。そして面倒くさそうに眉間《みけん》に皺《しわ》を寄せてこちらを向く。佐保いわく、駅長も霊感の持ち主とのことだ。しかし駅長はとにかく無口なので、佐保の話し相手にはなってくれない。

「駅長、霊、いますよね？　この駅」

駅長は佐保の顔をちらりと見る。それからアホなこと言ってないで仕事しろ、とでも言うように視線を逸《そ》らした。佐保がうなだれる。

「ううう……駅長が味方してくれない……絶対に駅長も、この駅に霊がいるって気づいてるはずなのに」

「どうしてそう言えるんですか」

「だって駅長、たまに何もない場所で立ち止まって、上を見つめて頷いていることあるじゃない。あれって、私と同じように霊を見つけてるからでしょ」

「傷んだ天井でもチェックしてるんでしょう」

「ああ……壮太ちゃんはどうしてかたくなに霊を否定するの。わかった、きっと霊が怖すぎるあまりに自分の考えを硬直化させてしまったんだね。可哀想《かわいそう》に、日本の誤ったオカルトリテラシーの犠牲者……」

あなたがそれを言いますか、とは思ったものの、相手をしていても自分の睡眠時間が減るだけだ。壮太は穏やかな笑顔で頭を下げた。

「では、お疲れ様です。佐保さん、駅長」

駅長がウムと頷く。佐保は呪《のろ》うような目で壮太を見た。

「せいぜいお化けに襲われないように、祈ってるから」

「ありがとうございます。佐保さんもお気をつけて」

そう言って壮太は窓口を後にした。


駅員は基本的に泊まり勤務である。始発の時間から終電の時間まで勤めるのだから、いちいち家に帰っているわけにはいかないのだ。一度出勤したらその日は駅舎に泊まる。お客さんには見えないが、事務室の奥には仮眠室や浴室が用意されているのだ。

終電後まで仕事をして、泊まり、翌日の朝も働いて……そして次のシフトの人が出勤して来たら帰るというスケジュールである。

なお、始発が来る前に駅を開ける係だけは、終電の前に仕事を上がって休む。そして駅のベッドで仮眠をとり、早朝に起き出すのだ。これを早番と言う。今日は壮太がその係だった。

早番はたった一人で早朝の時間帯を過ごすため、佐保いわく「最もお化けに出くわしやすい危険な仕事」とのことだ。壮太からすると終電後の駅に残っている酔っ払いの方が恐ろしいと思うのだが。

更衣室で制服を脱ぎ、シャワーを浴びてジャージに着替える。壮太は大あくびをした。今日も頑張って働いた。明日も死なない程度に働こう。

ベッドに入ってから目覚ましを三つ、念入りにセットする。寝過ごしたら駅が開かなくなってしまう。絶対に寝坊するわけにはいかない。

「膨らむ布団が欲しいなあ」

独り言。

膨らむ布団とは、全ての駅員垂涎《すいぜん》のアイテムである。時間になると文字通り少しずつ空気圧で膨らむのだ。体を圧迫することで穏やかに起こしてくれる。アラームよりずっと快適で、しかも確実に目覚めるという仕掛け。残念ながら高価なため、蛍川鉄道では運転士にしか支給されていない。

「ま、膨らむのは佐保さんのほっぺだけでいいか……」

壮太はもごもごと言いながら布団の中に潜り込んだ。電車が駆け抜けていく音が聞こえる。一緒に駅舎が震えた。その振動に誘われるようにして、壮太は眠りに落ちていった。


朝の四時。目覚ましが鳴るより早く、壮太は起きた。まだ眠っている他の駅員たちを起こさないよう、手早く着替える。それから窓口事務室を通って構内に出ると、駅を目覚めさせる作業に入る。

まだ日の出前で、あたりは真っ暗だ。もちろん構内には誰の姿もない。ホームに向かう階段にはロープが張られ、「本日の電車は全て運転を終了しました」と札がかかっている。壮太の足音だけが大きく反響していく。

まず電気のスイッチを入れる。ぱらぱらと音を立てて蛍光灯《けいこうとう》が点灯する。

エスカレーターの主電源をオンに。鈍く唸《うな》りをあげ、板が動き始めた。続けて券売機、自動改札機、エレベーターなどのスイッチも入れていく。あちこちで様々な機械音が鳴り、正常に動作していることを示すライトがつく。

それらを全て確認し、壮太は頷いた。

あとは四時半になったら駅入口のシャッターを開けるだけだ。壮太は窓からちらりと外を見た。

「おお」

あでやかな化粧をして、派手なコートを着た方たちが駅前に並んでいる。お仕事を終えた夜の蝶《ちょう》たちだ。可憐《かれん》には違いないが女性ではない。彼らの顎には青ひげがうっすらと浮かんでいるのだから。藤乃沢の飲み屋街でたくましく生きる、ゲイバーの店員さんたちだ。始発前にしか見られない姿である。

「うん、全て順調ですね」

独り言を言って、壮太は腕時計を見る。

「お客さんのために、ちょっと早く駅を開けてもいいのですが……」

しかし、一度そうしてしまうと、翌日も翌日もとなり、毎日早く開けないとならなくなってしまうので、それはできない。あと十五分、ゲイバーの皆さんには駅の外で待ってもらうことにした。壮太は窓口に座り、少し時間を潰《つぶ》す。

誰もいない窓口事務室内。

空っぽの椅子とデスク。

壮太はそれらをぼんやりと見つめていた。特にやることもない。みんなが起きて来るまでは孤独だ。

そうだ、石像ごっこをしよう。

壮太は一人頷く。

おそらくどの駅員も、一人きりの時間を潰すのに何かしらの技を持っている。壮太の場合は石像ごっこであった。やり方は簡単。石像に成りきるだけだ。

自分は駅員ではない。窓口に置かれている石像なのだ。まばたきは止め、呼吸は体を動かさないよう微《かす》かに。体を硬直させ、ただ空を見る。小学校の入学式で校長先生の話をやり過ごした時も、蛍川鉄道の入社式で社長の話をやり過ごした時も、やった。修練に次ぐ修練を重ねてきた壮太は、かなり上手《じょうず》に石像に成りきることができる。以前、窓口で石像ごっこをしていて、通りかかった佐保が恐怖のあまり三十センチほど飛び上がったくらいだ。

……うまく行っているぞ。

そう、壮太が思った時だった。ぴしりと室内に鋭い音が走った。壮太は背後を振り返る。だが、何もない。部屋で唯一の人間が気配を消していたため、微かな音なのに大きく聞こえただけだろうか？

いや、それどころではない事態が起きた。

壮太の前できいと音を立て、窓口事務室の扉がゆっくりと開いたのだ。しかし誰も入ってくる者はない。訝しんでいると、今度は棚がぎしぎしと鳴る。上に置かれている本が揺れている。始発もまだだというのに。そして端のデスク前で、椅子がくるりと音もなく回った。

まるで誰かがやってきて、椅子に腰かけたようだった。

――昨日、また出たのよ――

佐保の声が頭の中でリフレインする。

壮太は首を傾げた。それから念のために聞いてみる。

「おはようございます。幽霊さんですか？」

返答はなかった。

「壮太、おはよう。ちょっと早く来ちゃったかな」

七時になると、他の泊まり駅員たちが起き出してくる。彼らと一緒に朝のラッシュをさばいたら、十時に出勤してくる次のシフトの駅員たちに引き継いで、今日の勤務は終了だ。

「翔さん。おはようございます。頭、ちょっと寝癖ついてますよ」

「あ、うん……制帽つけてりゃ直るだろ」

翔は大きなあくびをして、制帽をぐりぐりと頭に押しつけた。

「眠そうですね。昨日の夜は何かありましたか？」

「それがさあ、聞いてくれよ壮太。俺、一・二番線ホームの最終点検してたんだよ。そしたらよ、竹ヶ塚側から変な声が聞こえてきてさ……」

翔はいかにもげんなり、という顔をする。

「変な声？」

「ぼそぼそと、何やら言ってるんだ。男の声でな。『どうだいこのワレメ？　自分でどうなってるかわかるかい？　こんなに濡《ぬ》らして本当に悪い子だね。隠しても無駄だよ、写真に撮っておいてあげるから。そして君の恥ずかしい姿を、みんなに見てもらおう。後でたっぷり、お仕置きもしてあげるからね……』だとかなんとか。そんでフラッシュが焚《た》かれて、シャッター音がしてさ……」

「露出狂のカップルでもいたんですか？」

　壮太にも覚えがあった。注意しようと近づいたら男女ともに六十くらいの年齢で、何とも言えない気分になった。

「だと思うだろ。そしたら、七曲主任だった」

「おや」

　主任にそんな趣味がおありでしたか、と壮太が言う前に翔が説明した。

「こんな黒い、無骨なカメラ持ってよ。両手でがっしり構えて、ファインダーに顔がくっつくくらいに押し付けて、ハアハア言いながらシャッターを、続けざまに切ってた」

「女性に向けてですか」

「いや、柱に向けてだ」

「…………」

「あそこ、ひび割れが入ってるだろ。昨日は雨だったからか、そこから水が染み出てさ。もし危険なひび割れだったらまずいから、写真に撮って建築設計に見せるんだって」

ごつくて強面《こわもて》の七曲主任が、前傾姿勢で一生懸命に柱を撮影している様が想像できる。

「駅員の鑑《かがみ》ですね」

「だな。この駅舎も結構古いからなあ。七曲主任、いつもそういうところ気にして点検してるらしいぜ。俺らも見習わないといけないよ。まあ、卑猥《ひわい》な独り言は不要だとは思うが……」

「七曲主任の、点検中の暇つぶし方法なんでしょうね」

壮太の石像ごっこと似たようなものか。

「だろうな。俺と出くわして、ちょっと恥ずかしそうにしてたよ」

「それからどうしたんですか」

「一緒に変態カメラマンに成りきりながら、建物のあちこちを撮影してまわったよ。

やってみると楽しかったぜ。『なんていやらしい亀裂だ！』とか『このヒビ！　セメントを欲しがってるぜ！』ってな」

「あ、ご一緒されたんですね……」

「七曲主任の顔を潰すわけにはいかないだろ。一緒に楽しむのが処世術だよ。だけどおかげで寝不足だ」

「お疲れ様でした」

翔はふうと息を吐き、湯呑《ゆのみ》のお茶に口をつける。そして壮太を見た。

「壮太の方は？　何か変わったこと、なかったか？」

「そうですね、特には」

「ふうん。ま、朝は幽霊が出るって最近噂《うわさ》になってるから、聞いてみただけだよ」

「ああ、幽霊らしきものなら出ましたよ」

翔がぼふっとお茶を吹き出した。

「翔さん、書類汚さないでくださいよ……」

「出たのかよ！　お前！　思いっきり異常事態じゃねえかよ！」

「そうですかね。特にトラブルもありませんでしたが……」

「相変わらずお前ってのんびりしてると言うか、動じない奴だなあ。俺は見た時、ぶったまげて逃げ出したよ」

「え？　翔さんも見たんですか？」

「見たよ。老人の霊な。こう、前かがみでよ。恨めしそうな顔してて。そんで、気づくと消えている」

「いやあ、棚がちょっとガタピシいった程度でしたけど」

「お前は音だけか。俺の方が霊感が強いんだよ、きっと。これで見たのは佐保に俺、壮太か。おいおいやべえよ、こりゃ間違いなくいるよ」

「たった三人じゃないですか」

「バカお前、三人もだぞ。それに俺、及川助役や駅長も絶対見てると思う。立場上言わないだけでよ。お前知ってるか？　お化けの噂。十年前藤乃沢で起きた、人身事故。その時に死んだ人の霊が、今でもここに取り憑《つ》いてるんだよ！　こええ！」

「人身事故ならこないだもあったじゃないですか。どうして十年前の人がわざわざ今出るんですか」

「色々事情があるんだよ！　怨念《おんねん》だよ！　怨念！　十年たって良く考えてみたら、やっぱり恨めしかったとか！」

「そんな思い出し笑いみたいな……」

「ああ、本格的にやばいぞ！　たたりのあるような場所で働いていられるか！　藤乃沢駅崩壊の危機だ……地蔵を立てなきゃ……地鎮祭も……お祓《はら》いが必要だ、牧師と神主と坊さんを連れてくるんだ！　ついでにムハンマドも！　及川助役に進言しなければ！」

翔は叫び、拳を握りしめると窓口事務室を駆け出して行った。

「どんなに頑張っても、ムハンマドは連れてこれないと思いますけどね……」

壮太は首を傾げる。


佐保と翔が中心になって噂を広め、瞬く間に藤乃沢に幽霊が出るという話は広がっていった。怖いもの見たさで大学生が夜中に駅を訪れるようになり、小学生が駅員に「幽霊に会えるの？」と質問するようになった。こうなると駅としても、対策を考えざるを得なくなってくる。

おやつ時の窓口事務室の中。

あくびをしている駅長の横で、及川助役は腕組みをしていた。地域のイベントでの顔となるのが主たる業務である駅長に対し、駅の実務を担っているのは助役であるため、幽霊問題に頭を悩ませているのも彼、及川助役である。

「夏目、改札に入ります」

壮太がそう言い、窓口事務室に入ってきた。交代の時間だ。これから一時間、壮太が改札でお客様の対応をする。と言ってもこの時間はお客様が少ないので、ほとんどやることはない。

「おう。よろしくな」

及川助役はほっと一息つく。しかし眉間に寄った皺はそのままだ。

「及川助役、悩み事ですか」

「ちょっとな」

「幽霊の件?」

「ああ。除霊した方がいいんじゃないかと、佐保と翔がうるさくてな……」

及川助役はため息をついた。

「やるとして、どうやってやるんでしょう」

「昔、六反野《ろくたんの》駅でやったという話を聞いた。そこでは事故の多い踏切をお祓いしてもらったんだけどな。神社に頼んで、来てもらうんだ。問題はお金なんだよ。その時は地域のお客様のご厚意で、除霊代金はカンパで賄ったそうだ」

もちろん蛍川鉄道に除霊にかける予算などあるはずもない。六反野駅のようにカンパを募るか、駅員が身銭を切るしかないのだ。

「しかし踏切と違って、今のところ実害はありませんよ」

「そうなんだよ、壮太」

及川助役は頷く。彼はこのまま様子を見続け、そのうちに事態が沈静化してほしいと願っているのだ。

「やはり出たんじゃのう！」

「え？」

壮太は背後を見る。自動改札機の脇から、分厚い眼鏡をかけた白髪《しらが》のお婆《ばあ》さんが窓口を覗き込んでいた。大きなビニール袋を一つ、手に持っている。

「あれ、キヨさんじゃないかい。ごきげんよう」

及川助役が顔を出して言った。

清江《きよえ》さん、通称キヨさん。藤乃沢駅の馴染《なじみ》客の一人である。と言っても彼女が電車を利用することはほとんどない。だが歩道橋代わりに駅の西口と東口を行ったり来たりして、そのたびに窓口に声をかけていくのだ。畑でとれた野菜をくれたりするので、壮太たちはいつも助かっている。

「ほれ、今日はいいほうれん草がとれたぞ。食っとけ」

「いつもありがとうございます」

壮太は差し出されたビニール袋を受け取って頭を下げた。中では濃い緑色の菜っ葉が、ずっしりと泥をつけて揺れていた。

「しかし、やはり出たんじゃのう！」

「出たって、何が？」

「幽霊じゃよ、幽霊」

お婆さんは入れ歯を飛び出させるような勢いで、唾《つば》を飛ばしながら言う。

「キヨさん、耳が早いね。どこからその噂聞いたの」

「おたくの佐保ちゃんじゃよ。だがね、ワシは知っとったんじゃ。そのうちここの駅舎で出るってことをの。だから、やっぱりなと思ったんじゃい。言わんこっちゃない。

死んだあとまで迷惑かけて、困った男じゃ！」

「知ってたって？」

及川助役が身を乗り出す。清江はただでさえ曲がり気味の腰をさらに折り曲げて、深々と頭を下げた。

「これこの通り。ジジイにはワシから言っとくから、許してくれや」

「いやいやキヨさん、どういうこと？」

清江が顔を上げる。ボケている様子はない。はっきりした眼光と声で、清江は言った。

「化けて出てんの、二年前に死んだうちのジジイなんじゃよ」

「あー……ゴホン。キヨちゃんへ。わしは、自分の魂は絶対に殺さん。魂だけは死なんのじゃ、不滅なんじゃや。疑おうもんなら、いつでも見にくりゃいい。藤乃沢の駅にずっとおる。わしに会いたくなったら、三・四番線ホームと駅舎じゃ。ええか、三・四番線ホームと駅舎じゃ。間違えるなよ、他は違うからな、塩くせえとこと一緒にすんなよ。わかったなあ？……これでいいか」

カチリと音がして、カセットテープが止まった。清江は厳かに一つ頷く。それからその年代物のテープレコーダーのボタンを一つ押した。きゅるきゅると巻き戻し音。そして別のボタンを押す。

耳が遠くなり始めた老人特有の、がなり立てるような大声が響いた。

「あー……ゴホン。キヨちゃんへ。わしは、自分の魂は絶対に殺さん。魂だけは死なんのじゃ、不滅なんじゃ。疑おうもんなら、いつでも見にくりゃいい。藤乃沢の駅にずっとおる。わしに会いたくなったら、三・四番線ホームと駅舎じゃ。ええか、三・四番線ホームと駅舎じゃ。間違えるなよ、他は違うからな、塩くせえとこと一緒にすんなよ。わかったなあ?……これでいいか」

カセットテープが止まる。清江は及川助役と壮太を交互に見て、もう一度巻き戻しボタンを押した。

その皺だらけの指が再生ボタンに伸びたところで、及川助役が制した。

「あ、キヨさん。もうわかったから、再生はいいよ」

「そうか？　もうわかったか？　遠慮せんでいいぞ、これ押せば何度でも聞けるからの」

「うん。そのテープは、旦那《だんな》さんの声なの？」

「そうじゃ」

　清江は言う。

「あのジジイが死ぬちょっと前にな、妙なことを言い出しおったんじゃよ。耳も遠くなって頭もだいぶあやうくなってたからの、最初は寝言でも言ってんのかと思ったけどな。大事なことだ、と何度も言うてな。だからテープに取ってやったんじゃ」

「テープの前でもう一度言わせたの？」

「そうじゃ。さっき言ってたことようわからんから、もう一度と言ってな。あとで聞き直しといたると。ま、取っておいてよかったわい」

「ああ、そう……」

　壮太はうんうんと頷く。何気ない発言を、もう一度録音機の前で喋《しゃべ》らされる旦那さんか。さぞ恥ずかしかっただろう。何となく二人の力関係がわかるような気がした。

「そういえばキヨさんの旦那さんって、うちの会社だったっけ」

「そうじゃ。建築屋での、宿舎や駅を作ってあちこちまわっとったよ。この藤乃沢駅だってジジイがおっ建てたんじゃ。よく自慢しとったわい」

「え？　この駅舎も旦那さんが手掛けたの？」

「おう、建築の総責任者じゃった」

「そりゃ驚きだな。感謝しないと」

「ま、ここが結局ジジイの鉄道で最後の仕事になったわけじゃがの。その後転職したからな。ただよほど愛着があったんじゃろうな、家にも当時の写真がのこっとるぞ」

「へえ、それは見てみたいですね」

壮太が脇から言う。すぐさま目の前にアルバムが突きつけられる。

「そう言うと思って持ってきたわ」

壮太は目を点にしながら受け取った。

「あ、ど、どうもありがとうございます……」

表紙は埃《ほこり》っぽく、ページも黄ばんだそのアルバムを受け取り、開いてみる。古い写真がたくさん並んでいた。現在の標準プリントよりもサイズが二回りほど小さく、白黒であった。白いシャツにハチマキを巻いた男たちの写真が、工事現場らしき背景と一緒に写っている。

「一九六六年、藤乃沢駅・駅舎およびホーム着工……これがそうなんですね」

基礎工事中と思われる写真の前で、三人の男性が並んでいる。その真ん中の人物を清江が指さした。

「うちのジジイはこれじゃ。この頃は髪も黒くて、ハンサムじゃろ」

眉毛が濃く、身長は低いが引き締まった体の、いかにも頑固おやじといった印象の男が眩しそうに写真の中からこちらを見ている。

「そんでこいつがジジイの部下じゃ。塩田《しおた》とかいう、縁故入社の男でな」

説明は隣の人物に移った。塩田氏はひょろっと背が高く、口の端だけで笑っている。

「腕は悪くなかったそうだが、ちと頼りないとかジジイが言っておった。二人で担当箇所を分担して建築に当たったたらしいが、ジジイは塩田の仕事ぶりが不満だったようでの、よく酒飲んで愚痴《ぐち》っとったな」

「そうですか」

壮太はふと嫌な予感がした。

これはお婆さんの長話パターンにはまり始めているのではないか。どこかで切り上げない限り、お婆さんはえんえんとここで喋り続けるに違いない。まさに罠《わな》だ。

「ああ、だから『三・四番線ホームと駅舎以外は塩くさい』のかな？　塩田って名前にひっかけて……」

　お婆さんの仕掛けた罠に気づいていない及川助役が言った。

「テープで言ってたことか？　そうじゃな。ワシも何回かホームを見に行ったが、よくわからんかった。まあ、ジジイが気に入ってたのは、自分が施工したとこだけなんだろうよ。そこが好きすぎて、死んだあとに取り憑いたっちゅうわけよ。全く迷惑な話じゃ！」

「何でわざわざそんなところに……」

「自分で作った駅は子供みたいなもんだから、気になるんじゃろ。もしくは家に帰ってくるのが怖いとかな」

　けらけらと笑う清江。

　壮太は少しずつ、亡くなった旦那さんに同情し始める。

「とにかくそういうわけじゃ。及川、わかったか？」

「ええ、まあ……」

「迷惑かけて申し訳ないの。除霊の費用はワシが出す」

　清江はそう言うと、脇から取り出した封筒をずいと突き出した。

「ええっ？」

及川助役が声を上げる。封筒は分厚い。中には高額紙幣がぎっしり詰まっているのが見えた。

「当たり前じゃろ。うちが責任取らな。いくらかかるのか、教えてくれ」

「いや、だけどキヨさん……そういうわけにも、いかんよ」

及川助役は困った顔で手を振った。壮太にはその気持ちがわかる。除霊の費用を出してもらえるのはありがたい。願ったり叶《かな》ったりだ。しかし、簡単にそれを受け入れるわけにもいかない。

清江は年金暮らしの身のはずだ。持病のリウマチも抱えていて生活は楽ではない。息子一家と同居しているものの、嫁との折り合いも良くないと噂に聞く。毎日のように買い物に出ているのを見る限り、噂はおそらく事実と思われた。

そんな彼女に、決して安くない除霊費用を負担させることはできない。

過失で器物を壊したというなら、もちろん弁償してもらわなくてはならない。しかしこれは事実かどうかもわからない霊現象なのだ。それも、まだ実害はない。

「だいたい除霊したところで、解決するとは限らないよ」

「解決するまで何人でも霊能者を呼べばいい。金は出すと言っとるんじゃ」

「いや、しかし……こういうのにお金を使うのは、どうかと思うんだよ、キヨさん」

清江の申し出を断ろうとする及川助役の表情は、まるでうさんくさい商法にひっかかりかけている母親を諫《いさ》める子供のようだった。

「及川、何に金を使うかはワシの自由じゃろう。つべこべ言われる筋合いないわ」

「しかし、いつも野菜をもらっているじゃないか。それなのにこれ以上」

「野菜は余ったから持ってきとんじゃ！」

清江と及川助役の話は平行線をたどり始めた。弱り切った及川助役が壮太をちらりと見る。壮太は助け船を出した。

「キヨさん。まだ、幽霊が旦那さんだと決まったわけじゃありませんよね」

虚を衝かれ、清江は沈黙する。及川助役が壮太の意見に乗っかった。

「そ、そうだよ。まだわからないじゃないか。そのテープの存在は認めるよ。けど、出没しているのは別の幽霊かもしれない」

「お前らはうちのジジイの頑固さを知らんのじゃ。あいつはな、やると決めたら絶対に曲げん。化けて出ると言ったら絶対に出るんじゃよ。何度ワシと喧嘩したことか」

「でも証拠があるわけではありませんよね」

「まあ、そうじゃが」

清江はしぶしぶ同意する。壮太はそこで切り出した。

「どうでしょう、キヨさん。僕がこの幽霊、少し調べてみます。その結果確かに旦那さんに間違いないとわかったら、その時除霊のお話をさせていただけませんか」

ナイスだ壮太。及川助役がウインクする。

「ふむ……まあ、そういうことなら……」

清江も納得してくれたらしい。突き出していた封筒を戻し、窓口から一歩身を引いた。それから壮太を睨んだ。

「一週間じゃや。来週までに結論を出しとくれ。それ以上は待たん。その間にわからなかったら、ワシが金を出すから除霊しろ」

「一週間、ですか」

「あんまり長引いても外聞が悪いからの。うちのジジイのせいで人様に迷惑かけたとなっちゃ、ワシが我慢ならんのよ」

「キヨさん、もうちょっと待ってみないかい。ひと月くらい。いや、むしろ半年くらい様子を見てみないかい。いっそ十年くらい……」

「アホぬかすんじゃない、及川！　ワシをごまかそうと思ったって無駄じゃ。お前がいくつの時からこの駅に通ってると思ってんのじゃ」

清江はよく通る声で怒鳴る。頑固なのは旦那も妻も同じようだ。

「わ、わかったよ……一週間だね」

「ああ、一週間じゃ」

清江と及川助役の目が壮太に向けられた。清江は眼光鋭く射抜くように。及川助役は不安げに。

壮太は二人に走る緊張とは対照的に、穏やかに頷いてみせる。

「わかりました。一週間あれば、大丈夫だと思います」

そう言って笑った。


「おい壮太、大丈夫なのか？　時間稼ぎのつもりで言ったのかもしれんが、キヨさんは一週間後必ずやってくるぞ。あのお婆さん、物覚えは異常にいいからな」

清江の去った窓口で、及川助役が聞いた。

「たぶん一週間あれば何とかなるんじゃないでしょうか」

「なるのかね？　盗難事件の証拠を見つける、なんてのとは話が違うぞ。なんたって相手は幽霊だ。存在するかもわからないモノから、どうやって証拠なんて手に入れるんだね」

「及川助役は幽霊を信じてらっしゃるのですか？」

「私はそういったものは信じないよ」

「ふむふむ」

壮太は手帳に何事か書き込む。

「壮太は信じるのか？」

「僕はどっちでもいいかなあって思うんです。まあ、お化けがいるにしろいないにしろ、調べていけば何かわかってくると思いますよ」

「相変わらず独特のテンションだな、君は」

「そうですか？」

壮太は及川助役から視線を外し、ビニール袋の中を覗き込む。

「ほら及川助役、キヨさんのくれたほうれん草、すごく肉厚で美味しそうですよ。ちょうど豚肉もありますし、今夜は常夜鍋《じょうやなべ》でも作りましょうか」

「ずいぶん渋い料理を知ってるね。とにかく、任せたよ」

「はい。ああ、ショウガを後で買って来なくては。常夜鍋にショウガはかかせませんからね」

任せると言ったのは料理ではなく、幽霊の方なんだがね。

及川助役はそう言いたそうに口を歪ませたが、言葉を飲み込んで天井を見上げた。

⚜

日が落ち始めた頃、清江が玄関の戸を開けると、途端に甲高い声が浴びせかけられた。

「ちょっとお義母《かあ》さん！　どこ行ってたんですか？」

台所から顔だけを出し、目を三角にして中年の女性が叫んでいる。

「どこって、買い物じゃよ。それから駅に野菜をお裾《すそ》分《わ》けにね」

「買い物なんて配送サービス使えばいいじゃないですか！」

「しかし雅子《まさこ》さん、自分で見なければ魚の良し悪しとかはわからんよ」

「わがまま言わないでくださいよ。近所の人に、老人をおつかいに出してるって陰口叩かれるのは私なんですからね。ああ、この忙しいってのに……」

清江は靴を脱いで揃《そろ》えると、台所に入った。

「夕餉《ゆうげ》のしたくかい？　どれ、手伝おうか」

雅子はそれには答えずに、文句を続ける。

「あと、野菜のお裾分けも控えてくださいよ。よそにタダで配るくらいなら、売って家計の足しにすればいいじゃないですか。育てるための肥料だなんだって、お金はかかるんでしょう」

「無意味に配ってるわけじゃないよ。いつもお世話になってる人に、お礼してるんじゃや。ほら、ヤスさんとか、あんたがぎっくり腰をやった時に車を出してくれたろ？　トメさんだってアヤちゃんが熱出した時に医者を呼びに行ってくれた。感謝の気持ちを忘れたわけじゃないだろう？　感謝は、示さなくてはならない。大事なことじゃよ」

「お説教なんてやめてくださいよ。ご近所さんはわかりますけど、駅にまで持ってく必要ありますか？」

「駅のみんなが電車を動かしてくれているから、武《たけし》だって通勤できるんだろう。孫だって学校に行けた」

「私の家族に口を出さないでくださいよ」

雅子は刺々《とげとげ》しい声を出しながら、吹きこぼれかけた味噌汁《みそしる》の火を慌てて弱める。

「ほら、味噌汁は沸騰させちゃダメ、香りが飛ぶ。ああ、そっちは塩を入れすぎじゃ。貸してみんさい」

雅子は振り返り、清江をきっと睨んで沈黙する。

「そうカリカリしなさんな。子供たちが心配で、疲れてるんじゃろ？　あの子らなら大丈夫さ。たまにはワシに任せて休みな、誰もサボッてるだなんて言いやせん」

清江はエプロンをつけ始める。大根と人参の絵が描かれた、年季の入ったエプロンだ。旦那がまだ生きていた頃から愛用している。

「……そうします。ちょっとイライラしてました、ごめんなさい」

雅子は額《ひたい》の汗を拭き、息を吐いた。それから食堂の椅子に腰を下ろした。代わって清江が漬物を切り始める。慣れた手つきだ。

「そうだ、雅子さん」

「なんですか」

「藤乃沢駅の幽霊騒ぎ、知っとるかい？」

「いえ。何ですか、幽霊？」

「あれ、うちの爺《じい》さんかもしれんのよ」

「……へ？」

　あんぐりと口を開けた雅子に清江は続ける。

「今調べてもらっとるけど、確証が取れたら除霊費用はワシの金から出そうと思っちょるでな」

「ちょ、ちょっと待ってください、お義母さん！　どうしてうちがお金を出すんですか？　その幽霊がお義父《とう》さんだと決まったわけでもないでしょう」

「駅員さんと同じこと言うんじゃな。でもな、実は爺さんが残したテープがあってな」

「ナンセンスですよ。除霊なんて！　因果関係が証明できないものにお金を出すだなんて！」

雅子の口調は再びヒートアップし始める。

「だがな、責任は取らにゃならんよ」

「まさか今日、駅に行ってその話をしてきたんですか？　何やってるんです？　向こうから言われたのならまだしも、自分からお金を出すと言うなんて。そんなの、向こうが喜ぶだけでしょう？」

「うちの幽霊は、どこに出ようとうちで祓わにゃならん。立つ鳥跡を濁さずじゃ。筋を通すためには、金を使わにゃならんこともある」

清江はあくまで穏やかな口調で言う。

「立つ鳥跡を濁したっていいでしょう！　駅ですよ？　公共の場所です。ガムを吐き捨てた人間のうち、何人がそれを拾います？　ゼロですよ！　でも、誰も罰せられやしません。掃除費用だって誰も出さない。ガムですらそうなのに、ましてや幽霊だなんて。バカ正直にもほどがある！」

「それは違うぞ、雅子さん」

清江は包丁を持つ手を止めた。そして雅子をまっすぐに見る。

「これは良心の問題じゃ。誰かが許さないんじゃない、ワシの心が許さないんじゃ。

誰も見ていないところでズルをしようとしても、お天道様《てんとさま》が見とるんじゃ」

「本当、石頭なところはお義父さんとそっくりですね」

ひるんだのか、雅子は視線を逸らして吐き捨てた。

「自分の筋を通すのに、誰かの顔色を窺《うかが》う必要などないはずじゃ。だいたい、ワシの金をワシが使うんじゃ。構わんじゃろ」

「違いますよ。お義母さんはもう私たちと生計を一つにしているんですから、自分勝手にされちゃ困ります。うちの家計だって決して楽じゃないんですよ？」

きいきいと喚きたてる雅子に、いい加減清江も腹が立ち始めた。

「ほうそうかい。子供もある程度仕上がって、余裕ができる頃合いかと思っとったよ」

わざと嫌味っぽく清江は言う。雅子はますます髪を逆立てた。

「何言ってるんです。確かに学費はそろそろ終わりですよ。ですが、これから結婚だとか、色々あるじゃないですか！　結納に、式の費用……」

「ワシらの貯金は全部やったろうが。それでも足りんのか」

「お義父さんの貯金なんて、ほとんどなかったじゃないですか！」

清江はぐっと黙り込む。

たしかに清江の旦那、和義《かずよし》はわずかしか金を残さなかった。収入から考えればもっと貯金があるはずだったのだが、蓋を開けてみるとほとんど残っていなかったのだ。清江も知らない間に、何かに金をつぎ込んだらしい。

「それからお義母さんのこれからだって……」

雅子は言う。

「これからってのは何じゃ？　介護か、葬式か？　縁起でもねえ。まだワシはピンシャンしとる、文句を言われる筋合いはない！」

二人の女の応酬が続く。その時、玄関の扉が開いた。

「ただいま」

疲れた声。はっと清江は口をつぐんだ。孫が帰ってきたのだ。

「あ、お帰り。ご飯すぐできるからね」

雅子が立ち上がって言う。

「うん」

「……お義母さんは、部屋で休んでてください」

有無を言わせぬ口調で雅子が清江に告げた。正直腹が立ったが、これ以上言い合っても仕方ない。孫に食事を出してやる方が大事だ。孫の方も、目の前で母親と祖母に喧嘩などされたらしんどいだろう。

「わかったよ」

清江は背を向け、襖《ふすま》を開けて自室に入った。背後から、孫と雅子が話す声が聞こえてくる。背中の後ろで襖を閉じると、二人の声が遠くなった。

仏壇と木の箪笥《たんす》が置かれた和室は、厳かな香りがする。清江は仏壇に向かって座り、そこに飾ってある写真を見つめた。

「……ふん、相変わらず面白くない顔しやがって。おい和義よ、あんたが妙なところに化けて出るもんだから、厄介《やっかい》なことになったんだぞ。わかっとんのか。死んだあとまで面倒起こしてからに」

線香を一本だけ抜き、火をつける。先端に赤い光がともり、すうと紫煙が立ち上った。

「だが、あんたならわかってくれるな。ワシは、間違っとらん。人には曲げてはならん筋というものが、ある」

拝みもせずに、清江は遺影に向かってぼそぼそと言う。

「……そうじゃろ？」

眉毛の濃い顔は、相変わらず口をへの字にして清江を見返していた。

♰

休憩や終業後の時間を利用して、壮太は聞き込みを始めていた。

「佐保さんの出くわした幽霊というのは、どんなものなんですか」

そう聞くと、佐保はしばらく口をぽかんと開けた後、きらきらした瞳で壮太を見つめた。

「つ……ついに！　壮太ちゃんも幽霊に興味を持ったんだね！」

そう言って両手を突き出し、抱きつかんばかりの勢いで壮太に迫ってきた。

「ええ、一週間限定ではありますが」

佐保の抱擁《ほうよう》をかわしながら壮太は言った。追尾ミサイルのように佐保は体をひねって追いかける。

「そんな照れ隠ししなくてもいいんだよ！　で？　で？　何が知りたいの？　ああ、幽霊？　幽霊ね？」

　壮太の肩を摑んでがくんがくんと揺さぶる佐保。定まらない視界の中で壮太は質問する。

「そうです。どんな……ゆう……れ……」

　目を回しかけた壮太から手を離し、佐保は腕を組んで話し始めた。

「私が見たのはね、ポルターガイスト現象。それからラップ音よ」

「何ですかそれは？」

「心霊素人の壮太ちゃんに教えてあげよう。ポルターガイストというのは、ドイツ語で『騒がしい幽霊』。誰もいないはずの部屋で窓ガラスがいきなり割れるとか、コップが空を飛ぶとか、そういうのだよ」

「平和的目的に利用できれば、便利でしょうね」

「相変わらず緊張感のない感想だなあ……まあいいや。私が見たのはね、椅子がひとりでにくるくると回って、扉が風もないのに開いて……それから鋭いラップ音が二回したの！」

「ラップ音というのは何ですか？　あの食べ物を包むラップと関係あります？」

「夜寝てる時、いきなりパキッとか音がしたことない？」

「ああ、あります。それがラップ音ですか」

「指を鳴らすような音だったり、木が裂けるような音だったり。これはね、霊が自分の存在を知らせるために鳴らしている音なの。心霊現象が起きる時、ラップ音から始まってラップ音で終わることがとても多いんだよ。これは心霊統計上からも明らかでね」

　柱なんかが軋《きし》む音も、その統計に相当数含まれているのでは？　そう壮太は思ったが、ここでは口に出さない。佐保の話を手帳に書き留めていく。

「もう私、ぞーっとしちゃった。そして悪寒が走って、鳥肌が立ったの。霊がいる時はいつもそうなるんだよ。何かが、この世のものではない何かが部屋に入ってきて、そして出て行ったのがわかった」

「その時、誰もいなかったわけですか？」

「うん。早番で一人だったの」

「早番で一人……となると、ポンタカード現象が起きたのは早朝ですか」

「ポルターガイストだから！　そうだね、自動改札やエスカレーターを起動させて、シャッター開けるまでちょっと窓口事務室で時間潰してた時」

ふむふむ、と壮太は頷く。壮太が早番の時に起こった現象とおおむね同じだった。

「最初に遭遇したのはいつ頃ですか？」

「一週間くらい前かな。ほら、重大忘れ物事件があった二日後だよ」

「なるほど」

「ねえ壮太ちゃん。何で急に幽霊のこと調べ始めたの？　なんかあったの？　なんかあったんでしょ？」

佐保は目を輝かせ、再び壮太に迫ってきた。

「いえ、特に何もないですよ」

「嘘言っても無駄。ね、キヨさんの旦那さんが幽霊って噂は本当なの？」

「よくご存じですね」

壮太は仕方なく頷く。

「やっぱり！　私、そうなんじゃないかと思ってた。あの霊は恨みを持ってるとか、そういう感じじゃなかったもの。駅の様子をふらりと見に来た、そんな印象。きっと自分の作った駅舎が気になって、点検してるんだよ。仕事熱心な人だったんだろうね、まだ自分が死んだことに気がついてなくて……」

「キヨさんは、家に帰るのが怖いだけだろうと言ってましたけど」

　佐保は考え込みながら続ける。

「それか、何か心残りがあるのかもしれないね。そうだよ、建築中に何か問題が起きたんじゃないかな？　一か所だけボルトを打ち忘れちゃったとか。で、あそこのボルト打たなきゃって、毎日徘徊《はいかい》してるの。そのボルトを締め直さない限り、成仏できないんだよ！」

「ボルトですか」

「ボルトだよボルト。ボルボルボルボルト」

「ボルボルボルト」

　意味もなく復唱する壮太を見つめて、佐保はもう一度言った。

「除霊もいいけど、まずはボルトをチェックしてみるべきだと思うな。霊はね、きちんと心残りとなっていることを取り払ってやれば、素直に成仏していってくれるんだよ。本で読んだから間違いないよ」

「翔さんが見たのは、老人の霊でしたね」

ホーム事務室で壮太特製肉うどんをすすっている翔に、壮太は問いかける。

「そうだよ。ああ壮太、及川助役から聞いたぞ。幽霊事件、調べてるんだってな」

「はい。とりあえずみんなの目撃証言を集めているところです」

「なんだか刑事みたいなこと言うんだな」

翔は七味唐辛子の瓶を手に取ると、丼に振りかけ始める。

「僕も刑事みたいかなって思いました。相手が生きている人間でも死んでいる人間でも、やることは同じようなものですね」

「まあいいや。俺が見たのは、白髪の爺さんだよ。三・四番線ホームの端っこでな……」

「ふむ」

「最初は普通の客かと思ったんだが……明らかに挙動が変なんだ」

「変というと？」

「電車に乗らないんだよ。いつまでたっても……」

翔は自分で言って怖くなってきたらしい。自分の腕を摑んでぶるっと一つ震えた。

「急行も各停も、何本も来てるんだぜ。そのたびにホームの人は一掃されるんだ。でもその爺さんだけ、いつまでたってもいるんだ。何をするわけでもなくな。それからよ、普通お客さんは電車の方を向いて立ってるだろう？　でもそいつは逆なんだ、電車に背を向けて壁の方をじっと見てるんだ。時々ぶつぶつ、何か独り言をいいながら」

翔は端整な顔を歪めて壮太を見る。

「それは確かに変わってますね。三・四番線ホームの端っこというのは、完全に隅の方なんですか？」

「いや、その手前だな。売店の奥に竹ヶ塚側を向いた階段があるだろ。あのへんだよ」

一つ頷いて、壮太はメモを取る。

「見たのはいつ頃ですか？」

「夜だよ。ラッシュが過ぎて少し、くらいだったかな……日付はうーん、数日前。火曜日だったかな。ちょっと待て。ホーム立哨《りっしょう》してた時だから、見ればわかるはず」

翔は作業ダイヤを手に取って見る。

「ああ、わかった。三日前の夜。九時から十時半の間だな」

「翔さんのシフト、ずいぶんホーム立哨が多いですね」

横から表を覗き込んで壮太が言った。

「俺、窓口とか苦手なんだよ。特に女性がさ。だから及川助役にかけ合って、ホーム立哨を多めにしてもらってるんだ」

「なるほど」

壮太は頷いた。美男の部類である翔が窓口に入れば、おばちゃんや女子高生がきゃーきゃー言うだろう。しかし翔は、そういった女性の相手は苦手なのだ。贅沢《ぜいたく》な悩みだとも思う。

「でもさ、あの時だけは窓口に逃げたいと思ったぜ。もう俺、立哨しながら震えちまってたよ。『さ、さ、さささんばんせん電車がまいります、ききききいろい線の内側にお下がりください』みたいな」

「ずいぶん噛むアナウンスだと思われたでしょうね」

「あわやマイク取り落とすとこだったぜ」

「ん？　立哨だと……ホームの中央あたりから、竹ヶ塚側を見た感じですか」

「うん、そうだな」

「その霊は、忽然《こつぜん》と消えてしまったのですか？」

「わからん。いつの間にかいて、いつの間にか消えてたな。さすがにずっと観察してたわけじゃないからよ」

「何分くらいそのお爺さんはいましたか？」

「ううん……たぶん、三十分くらいはいたんじゃないかな」

「なるほど。よくわかりました」

壮太はぱたんと手帳を閉じる。翔が壮太から視線を外さずに聞いた。

「そんなとこでいいのか？」

「ええ。ところで翔さん、そんなにかけて辛《から》くないですか」

言われて翔が丼に目を戻す。そしてオギャッと変な声を上げた。七味唐辛子をかけられ続けたうどんは、噴火口のように真紅に染まっている。

「どうしてもっと早く止めてくれないんだ！」

「お好みでかけているのかと……」

「んなわけねーだろーよー……」

翔は悲しそうな顔で、浮かんだ唐辛子を蓮華《れんげ》ですくい始める。刺激臭。香りだけでも涙が出そうだ。

「くそ。壮太、これでキヨさんの旦那の霊、除霊できなかったら許さないからな」

壮太は首を傾げる。

「え？　翔さんもその話ご存じなんですか？」

「ああ。今朝、佐保から聞いたよ」

「佐保さん、そこらじゅうに言いふらしてるんですね……」

「でも詳しい話は知らないんだよ。キヨさんの旦那の霊が出るって言うけど、なんかひどい死に方でもしたのか？　ひょっとして三・四番線ホームの階段の下に埋められてるとか……？」

翔はみるみる青ざめていく。自分の想像がさらに妄想《もうそう》を呼び、暴走し始めたようだ。

「そ、そうか！　その人、駅を建てた人なんだよな？　わかった！　建築する途中で何かヤバイ事実を知ってしまって、口封じのためにコンクリートの中に塗り込められたんだよ！　かちんこちんに固められた死体が今も、階段のところにあるんだ。そりゃ化けて出るわ！　壁を見つめてたのはあれだよ。埋まってる自分の体を眺めてんだよ。そこから出してくれって、俺たちに訴えてんだよ。こ、こ、こえええええ！」

「もしそうだったら、本当に刑事さんの出番になりますね」

「ただの除霊じゃダメだ！　コンクリ砕いて、死体を取り出さなきゃ。そうしない限り霊は成仏できないんだ。やべえ。早く助けてあげないと、俺たちも壁の中に取り込まれてしまうかもしれないぞ。壮太、急げ、急ぐんだ！　コンクリなんてどうやって砕けばいいんだ？　大工と左官と、それから空手家だ。空手家を呼ぶんだ！　及川助役に進言しなければ」

翔は叫び、拳を握りしめるとホーム事務室を駆け出して行った。

「呼ばれた空手家もびっくりでしょうね」

壮太は残された赤いうどんを見つめて、ぼそりと言った。

「えー幽霊ー？　壮太ってそんなの信じるタイプだっけ？」

車掌区で電話に出た恵美は、相変わらず気の抜けたような声で壮太に応じた。

「信じるというか、興味ないかな」

「え？　じゃあなんで幽霊のこと聞いて回ってるの」

「色々と事情があってさ。ねえ恵美、藤乃沢駅で幽霊の噂、聞いたことないかな？」

「うーん……」

受話器の向こうで恵美が考えている。毛先がちょっと丸まった黒髪を、指先でこねているのが壮太には見えるようだった。

「車掌になってからあんまり駅の人と話さないから、詳しいところはわかんないけど。でも幽霊の噂ならよく聞くよ」

「え？　知ってるの？」

「うん。藤乃沢駅でしょ、さくらが丘駅でしょ、竹ヶ塚駅でしょ、藤見《ふじみ》動物公園《どうぶつこうえん》駅でしょ、吉祥《きつしょう》駅でしょ……」

「ちょっと待って。そんなに？」

「うん。まあ、駅の怪談なんてどこにでもあるんじゃない？　どの駅でも夜中まで仕事してるわけだし。あ、保線なんかに聞いたらもっと出てくるかもよ」

確かに。学校しかり、病院しかり。当直だの宿直だのが存在する場所には怪談がある。夜中じゅう、線路の整備や点検をしている保線区なら、なおさらだ。

「そうかもしれないね」

「まあ、珍しいことじゃないよ」

「ちなみにその幽霊はどんな幽霊？」

「うーん、若い女性とか、ラップ音とか。よくあるパターンだよ。筋肉ムキムキの男の霊とかって、あんまり聞かないよね。アハハ」

「なるほどね……壁を見つめる老人って聞いたことは？」

「んー、それはないなあ」

「ふむ。ありがとう」

「まったねー」

ほんわかとした余韻を残して、電話は切れた。


鍛え抜かれた軍人のような肉体をごしごしと洗っている七曲主任に、湯船から壮太は話しかける。

「七曲主任、お背中流しましょうか」

「ああ、いい、いい。気にすんな」

そう言って七曲主任は豪快にシャワーを自らにかける。泡が落ち、筋肉が露わになる。ところどころに走る細かい傷痕《きずあと》。特に右肩から腰へと走る太い傷痕は、ひときわ目立っている。

「七曲主任って、本当は傭兵《ようへい》なんですよね」

「バカ言ってんじゃねえ。俺は十八からずっと鉄道だよ」

「しかしこの傷は、おそらくベトナム戦争の……」

「んなわけないだろ。前に保線にいてな、ヘマしてクレーンに踏まれたんだよ。あんときゃ焦ったな」

「サラッと凄いこと言いますね」

「ま、今となっては笑い話だがな」

「ところで七曲主任。幽霊って信じますか？」

シャワーを止めて、七曲主任は大きな声で笑った。

「そんなもん、俺は信じねえよ。例の噂か？　ちゃんちゃらおかしいな。みんな見間違いか、思い込みに決まってらあ」

「やはりそうですか。七曲主任、怖いものなんてなさそうですね」

「いや、そんなこともねえぞ」

「え？」

七曲主任は顎と頬にシェービングクリームを塗りたくる。濃い髭が泡の中にうっすら浮かんでいる。

「やっぱり事故は怖いな」

「事故ですか」

「ああ。油断や慢心が、事故を生むんだ。ちょっとしたミスの積み重ねがあっさりと人の命を奪う。俺は何度か見てきたからな。事故ってのは本当に、怖いんだぞ。普段は気配も見せねえのに、水面下でむくむく育ってよ。んで、突然牙《きば》を剝《む》く。ゲリラと同じくらい、こええぞ」

やはり彼は傭兵なのだろう、と壮太は確信を深める。

「そういえば七曲主任は駅舎のヒビもチェックしてたそうですね」

「おう。誰かがやらないとな。そうそうあのヒビな、建築設計の奴に見せたら意見もらえたぞ」

「あ、どうだったんですか？」

「どうもコンクリの劣化らしい。耐用年数はまだ過ぎてないんだが、何らかの理由で劣化が速いそうだ」

「何らかの理由……？」

「長いこと時間がたつと、そういうことがあるんだとよ。海風が当たるとか、寒暖差があるとかでな」

「ふうむ。このあたりに海はありませんから、寒暖差なんでしょうかね」

壮太は腕組みをして唸った。

「ま、近いうちに補修工事してくれるらしいから、心配いらん。そんな難しい顔すんなって」

七曲主任が笑い、湯船に入ってきた。ざぶんと水面が揺れ、水滴が飛ぶ。壮太は目をしばたたかせた。

「これで、みんなに話は聞けたかな……」

窓口でペンを回しながら、壮太は手帳に目を通す。そこには、インタビューした内容のメモがある。及川助役、佐保、翔、恵美、そして七曲主任。

壮太は少し考え込んだのち、後ろのデスクで難しそうな顔をして資料を眺めている駅長を見る。念のため、声をかけてみようか。

「あのう、駅長は、幽霊とか……」

駅長は髭をぴくりと揺らし、無言で壮太を睨みつけた。あまり虫の居所が良くなさそうだ。

「……何でもありません」

壮太は視線を逸らし、手帳に目を戻す。ま、駅長に聞く必要はないか。それは最初からわかってた。壮太は手帳をぱたんと閉じると、胸ポケットにしまった。

約束の一週間が経過しようとしていた。

⚜

夕方から、霧のような雨が降り続いている。

清江の家の屋根にも雨がたまり、瓦からは水滴が落ちた。

夕食を終えた清江が早々に自室へと引っ込むと、襖がノックされた。入ってきた武は憂鬱そうな表情であった。

「母さん。ちょっと話いいかな」

「ああ。なんだい」

嫁に何か言われたのだろう。母と妻の板挟みになった息子は、その頭髪もすっかりぺっちゃんこになっている。

「畑で作ってる野菜なんだけどさ。あれ、やめた方がいいんじゃない」

「へ？　何でだい」

清江は虚を衝かれた思いだった。雅子が清江に色々と不満を抱いているのはよくわかっているが、まさかそんなことを言われるとは。新鮮で安全な野菜を食卓に提供しているのだから、むしろ感謝されていると思っていたのだ。

「ほら……母さんも年だしさ。畑仕事、負担になってるんじゃないかと」

「負担かどうかは自分でわかる。無理はしてないっちゃ」

清江は武の真意がよくわからず、困惑しながら返答する。

「だけど俺や雅子は不安なんだよ。なあ、野菜なんてスーパーで買えるじゃないか。別に家で作らんでもいいだろう」

「家で作った方がうまいぞ。野菜はな、土から離れるとすぐ味が落ちるんじゃから……」

武は少し眉間に皺を寄せた。

「だとしても、ご近所に配る分まで作る必要はないだろう」

「たくさんできたからお裾分けだよ。野菜はちょっと作るより、ある程度たくさん作った方が簡単なんじゃ。それにご近所付き合いだって大切だよ。私が野菜を配ってあげてるから、あんたらも……」

「だったらスーパーで買って配ればいいだろう」

何を言ってるんだこいつは、と清江は思う。そのせいでつい、受け答えも攻撃的になる。

「自分で作ったものじゃなきゃ、意味なんてないっちゃ」

「……なあ母さん、どうしてそうかたくななんだ。俺たちが一緒にいるんだから、家事なんかもう雅子に任せて、ゆっくりしてりゃいいじゃないか」

「そんなの死んでるのと同じさね。あんたらは自分のことだけ考えればいいんじゃ」

「だが、持病だってあるだろう。俺たちは母さんに、長生きしてほしいんだ」

「家に引っ込んで長生きするより、働いて死にたいんじゃ」

武はため息をつく。どうしてわかってくれないのか、と言いたげだ。同じ思いは清江にもある。

「母さん、もしかして……家計のことを気にしてるのかい。野菜を買うくらいの金、あるんだよ」

「金があったって無駄に使うことはないじゃろ」

「じゃあ、駅の除霊に金を出すって話はどうなんだよ。それこそ無駄じゃないのか」

ああ、発端はそこだったのか。清江はこの遠回しな問答の意図をようやく理解する。

「それは無駄じゃない」

「無駄だろう」

「ワシはそうは思わん」

「だがな、雅子と俺は」

「何を言われても、考えは変わらん！」

「…………」

武は目を真ん丸にして清江を見る。武が何を考えているのかが手にとるようにわかる。清江は自分でも、今の言い方は夫にそっくりだったと思った。

「……親父《おやじ》とそっくりだな。年を取ると頑固になるのかね」

「元からじゃ！」

どん、と天井が鳴らされる。武と清江ははっと黙り込む。

孫が床を踏んだのだろう。階下がうるさいと、孫はいつもそうやって抗議する。少し声のトーンを下げなくては。

しかし、この議論に歩み寄る余地はない。少なくとも清江は譲る気がなかった。一方、武としては、いくらかでも譲歩案を引き出さなければ雅子に会わせる顔がないのだろう。黙ったまま胡坐《あぐら》をかいて、立ち去ろうとしない。畳の上には重苦しい空気が満ちた。

ふと、インターホンが鳴った。雅子が応答する声が聞こえてくる。夜に来客とは珍しい。武と清江が訝しんでいると、雅子の足音が近づいてきた。

「お義母さんにお客さんよ。藤乃沢駅の夏目さんですって」

「へえ？」

清江は喉《のど》に手を当てて、伸びた皮を引っ張る。それからゆっくりと立ち上がり、武を残して玄関へと向かった。

「夜分遅くに申し訳ありません」

駅員の制服を着た夏目壮太は、清江を見てにこっと一つ笑い、制帽を取って頭を下げた。

「いつも藤乃沢駅をご利用いただきありがとうございます。これ、つまらないものですが」

差し出されたのは、包みにくるまれたプラスチックの箱。

「なんだいこれ。タッパー？」

「海老《えび》しんじょです。大葉で巻いて、蓮根《れんこん》ではさんで揚げてみました。今日はいい蓮根がありまして。ポン酢をちょっとつけて食べるのがお勧めですよ」

「ずいぶん所帯じみたもの持って来たねえ……」

まるで主婦同士のお裾分けだ。蓋を開けると、ふわりと香ばしい海老の風味と、大葉の香りが立ち上る。

「ありがとうよ。駅で作った食事が余ったのかい」

「いえ。実は少々、お話ししたいことがありまして」

「幽霊がうちのジジイだとわかったんじゃな？　で、除霊にはいくらいるんじゃ？　いくらでも構わんから、言うてみぃ」

「いや、そうではなく……」

「ちょっと、お義母さん、どういうこと？」

清江の背後から雅子と武がやってきた。不審者を見る目つきを壮太に向けると、がなり立てる。

「あんたか？　うちの母に妙なことを吹き込んで、除霊代金を払わせようって駅員は？　迷惑なんだよ！」

「黙っとれ武！　これはワシの問題じゃ」

「お義母さんだけに任せておけませんよ。第一もう年ですから」

「この嫁は、言うにことかいて何を！」

清江、雅子、武。三人が口々に叫んだ。壮太は目を白黒させる。あげくのはてに天井が、どんと鳴らされる。怒りの籠《こ》もった音であった。

「あ、あのですね。今日お伺いしたのは除霊代金云々《うんぬん》ではないのです」

「じゃあなんじゃ、はよ用件を言え」

「金が必要ならちゃんと理由を説明しろ」

「お義母さんでなく、私たちにきちんと話してください」

かわるがわる怒声が放たれる。

「わかりました、わかりました」

壮太は三人をなだめながら腕時計を見た。夜の九時。

少し早いが、何とかなるか。壮太はそう考えて一つ頷く。

「幽霊について説明させていただきますので、藤乃沢駅まで御足労願えませんか」

「わざわざ駅まで行かないとならないのか？」

鼻白む武。

「ええ。見ていただくのが、一番手っ取り早いと思いますので」

「何？　まさか本当に霊が出るとでも……？」

雅子と目を合わせて黙り込む武。雅子が頷くと、前に一つ歩み出た。

「わかったわ。これから行かせてもらいます。お義母さんは家で待っていれば？」

「何言っとんじゃ、ワシも行くわい」

清江が仏頂面で言った。それからタッパーを玄関の横に置き、壮太を促した。

「さあ行くぞ、駅員さん。化けジジイにお灸《きゅう》を据えてやらなきゃな」

⚜

帰宅ラッシュは過ぎたとはいえ、藤乃沢駅はまだ業務中である。その窓口事務室に、壮太が三人の一般人をぞろぞろと引きつれて現れたものだから、及川助役は驚いた。

壮太が事情を説明すると、及川助役はやむを得ないという顔で了承した。ちらりと駅長の顔色を窺ったように見えたのは、気のせいかもしれない。駅長は壮太たちに一瞬視線を向けたが、駅のことは及川助役に任すとばかりに、すぐに目を逸らした。

「まあ幸いにして日曜の夜だ。客も少ないしな。だが壮太、手短にな」

「わかってます、及川助役」

説明を始めようとする壮太の横から、熱い視線が注がれている。窓口業務をしている佐保だ。その向こうでは自動券売機締めを七曲主任が行っている。彼もしきりにこちらを気にしていた。みな、壮太が一体何を始めるのかと注目しているのだ。

「じゃ、結論から言いましょうか。このたびの藤乃沢の幽霊事件。キヨさんの旦那さんが関わっているのは事実です」

清江はやはり、と顔を歪ませる。雅子と武は何だと、と目を剝く。

「しかし除霊の必要はありません」

そこで三人がずっこける。清江がまず言った。

「はあ？　どういうことじゃ」

「ええとですね……順番に行きましょうか」

壮太は手帳に目を落とす。

「藤乃沢で起きていた霊現象をまとめると、こうなります。ラップ音、ポルターガイスト現象、それから壁を見つめる老人の幽霊。複数の駅員が目撃しています。僕もラップ音とポルターガイスト現象らしきものは体験しました」

「そう聞くといかにもお化け駅って感じだが。うさんくさいな」

「武さんの印象ももっともです。さてと、今日あたりお化けが出るんじゃないかと思います」

「な、なにい？」

「佐保さん。すみませんが椅子から立ち上がってもらえますか？　そしてその椅子をできるだけ右側……本棚の方に向けてください」

「え？　い、いいけど……」

佐保は言われた通りに立ち上がる。そして椅子を本棚側に回して向けた。

「これでいいの？」

「はい。及川助役、扉を半開きにしてもらえますか。ほんの数センチでいいんで、隙《すき》間《ま》を作ってもらいたいんです」

「構わんが……」

及川助役は扉のノブを摑んで回し、少しだけ開いた。

「これでいいのかね」

壮太は頷く。窓口事務室にいる全員が、固唾をのんで何が起きるのか身構えている。しばらく沈黙が続いた。

一分、三分。何も起こらないじゃないか、と誰かが言おうとした頃だった。一・二番線ホームを特急列車が通過した。階下から振動が伝わってきた。

その時。

みしっと何かが軋むような音がすると同時に、音もなく扉が開いた。そして佐保の椅子がくるりと半回転する。ぱさっと紙が落ちる音でみなが振り返ると、端の机に積まれた資料が数枚、床に落ちていた。

壮太が口を開く。

「これがポルターガイスト現象です」

「はあ？」

武と雅子が声を上げる。

「何？　まさか振動が原因だって言うの？　まさかそんな……」

「雅子さん、半分正解です」

壮太はポケットからコンパスのような、小さな円柱状の物体を取り出した。表面には窓があり、その奥で水泡が揺れている。壮太はそれを床に載せながら説明する。

「これは水準器です。簡易的なものではありますが……見てください」

置かれた水準器の水泡がふいと動き、片側にへばりついた。全員がそれを覗き込む。

「この床はわずかに傾いているんです。東口側が下に、西口側が上になっています。人間は気付きませんが、開け放した扉や、ゆるくなった椅子であれば……例えば振動などで少し力を加えてやれば、それに反応するというわけです。ポルターガイスト現象が起きるのは、この駅舎だけ。ホームなどでは起きていません。つまり傾きが原因ということですよ」

佐保ががくんと肩を落とした。

「壮太あ。それ本気で言ってるの？　がっかり……ロマンなさすぎ」

「事実ですから」

「じゃあ反論してあげるよ。椅子が動いたり、扉が開いたりって、夜や早朝にしか起きてないよね。私が見たのもそうだったし」

「僕が見たのもそうでしたね」

佐保はそれみたことか、と勢いづく。

「ほら！　傾きが原因なら、昼間だってポルターガイストが起きるはずじゃん！　時間が限定されるわけないよ。やっぱり霊が出てるんだって！　実際に傾いてるのかもしれないけど、だとしても動かしているのは霊なんだよ。傾きがあるから、霊が動かしやすくなってるだけなんだよ」

壮太はひるまない。

「佐保さんの意見はもっともです。逆に言えば夜と早朝に、がくんと大きく駅が傾いているのではないでしょうか」

「え……ええ？」

「さらに僕が調べてみたところ、ポルターガイスト現象が起きるのは、雨の降った日ばかりなんですよ」

「おい、まさか……その傾きって」

大きな金属箱を抱えた七曲主任が窓口事務室に入ってくる。自動券売機から取り出した大量の小銭が、ちゃりんちゃりんと鳴った。

「ええ。おそらく、コンクリートの劣化です」

壮太が七曲主任を見て頷いた。

「七曲主任はご存じですが、一・二番線ホームの柱にヒビが入っているのです。柱は駅舎に直結していますね。柱のコンクリートが何らかの理由で劣化して縮むなり、歪むなりすれば、駅舎は一・二番線ホーム側……つまり東口側に傾くわけですよ。もちろん鉄筋は残っていますから、大きく傾くわけではありません。しかし劣化したコンクリートからは雨水が入り、じわじわと鉄筋を侵していくとすればどうでしょう。錆《さび》が入れば鉄筋は重みに耐えられなくなります。それ以外にも、しみ込んだ水が昼夜の温度差で体積変化を起こせば、そのたびに浸食が進んでいくわけです。雨の降った夜から朝にかけて、劣化が進むのでしょう。そのタイミングで特に大きな傾きが起き、ポルターガイスト現象が起きる」

及川助役が確認するように七曲主任を見る。七曲主任が頷いた。

「壮太の言う通りです。建築設計の奴も、似たようなこと言ってました。耐用年数にはまだ余裕があるはずなのに、手抜き工事じゃないかって……」

「あの、くそジジイが！」

吠えたのは清江だった。

こんなに小さくて、こんなに皺だらけの体から、ここまで大きな声が出るのか。そう誰もが驚くほどの声量だった。

「手抜き工事ときたか。そういうことだけはできない男だと思っちょったが、見損なったわい！」

その目はらんらんと輝き、血走っている。こめかみに血管が浮き出て震えていた。

雅子も武も息を呑《の》んでいる。ここまで激しい清江の怒りは、珍しかった。

清江はばっと床に手をつけ、伏して頭を下げた。慌てる及川助役に言い放つ。

「及川助役。和義の不徳のいたすところ、ワシの責任じゃ。修繕代金はワシが出す」

雅子が飛び出した。

「お義母さん、何言ってるんです！　駅舎の修繕代金ともなれば、除霊代金どころじゃすみませんよ。いったいいくらすると思ってるんですかっ」

「雅子の言う通りだよ！　だいたい、会社で作った駅舎じゃないか。責任は会社にあるはずだよ、親父じゃない！　仮に親父だとしたって、とっくに時効だ。いや、本人が死んでるんだから、もう関係ない」

「だまらっしゃい」

清江が言った。

「そういう問題じゃないんじゃや。自分の筋を通す。それが大事なんじゃ」

穏やかだが、分厚く、重い声であった。それから少し寂しそうに呟く。

「あのジジイも、そういうとこはワシと同じだと思っちょった。そこに惚《ほ》れたんじゃがの。まあ、ワシの目が曇ってたんじゃな……」

「キヨさん、顔を上げてください！」

及川助役は困り果てている。おい壮太どうにかしろと目で訴える。

その時、窓口事務室に気の抜けた声が響いた。

「楠、窓口業務交代にきましたー」

翔だった。佐保との交代の時間だったのだ。

翔は室内に入り、その異様な緊張感にぎょっとして身をすくめる。それから土下座している清江を見て飛び上がる。着地してから、ぶるぶると震え始める。その顔面がゆっくりと血の気を失っていき、青くなったかと思えば口から泡を吹いて……。

「お化けだ――――!」

そう、叫んだ。


「そうだよ。お爺さんの霊はどうなったのさ」

そこで思い出したのか、佐保が壮太に詰め寄る。

「コンクリートとか傾きじゃあ、お爺さんの霊は説明できないよ」

「違う、違う、違う――――!」

佐保に反論したのは壮太ではなく、翔だった。

「何が違うのさ。ちょっと静かにしてよ、翔ちゃん」

「違うんだって、だから、そこにいるんだよ！　お爺さんの霊があ」

腰が抜けて床にへばりついた翔が必死で指さしたのは、清江その人であった。

「……はあ？」

壮太を除いて全員が啞然とした。

説明の手間がはぶけた、と壮太は頷く。

「つまり、そういうことですね。翔さんが見た老人とは、キヨさんのことだったと思われます」

「何でそうなるの？　翔ちゃんは、バカなの？　人間とお化けの区別もつかないの？」

佐保が素《す》っ頓狂《とんきょう》な声を上げる。

「バカであることは否めませんが、そう勘違いする理由もあったのです」

壮太が説明を続けた。

「おい壮太、さりげなく俺をバカにしてるだろ」

「キヨさんはこないだおっしゃってましたよね。『ワシも何回かホームを見に行ったが……』と。入場券で入り、三・四番線ホームを見に行ったのでしょう。そしてしばらく調べたのち、また改札から出て行った。だから電車には乗らなかった。翔さんが変な人だと怯えたのも無理はないわけです。そして翔さんは女性が苦手なため、ホーム立哨を多めにしていたそうですね。だからよく窓口にやってくるキヨさんと面識もなく、気づかなかったわけです」

「え？　え？　この人生きてるの？」

「翔さん、キヨさんに失礼ですよ。確かにちょっとよぼよぼですが、れっきとした生者です」

「壮太ちゃんってたまに天然っぽい毒舌吐くよね……でも、変じゃない？」

　佐保が言う。

「何がですか」

「だってキヨさんはお婆さんだよ。翔ちゃんが見た霊はお爺さんって言ってたでしょう？」

「そ、そうだっけ……」

　翔が首をひねる。

「ちょっと翔ちゃん、しっかりしてよ！」

頼りない翔の代わりに壮太が手帳をめくる。

「確かに翔さんは、『俺が見たのは、白髪の爺さんだよ』と言っています」

「ほら！　ほら！」

「しかしですね佐保さん。最初に……そう、僕が早番だった日ですが。その時は翔さん、『見たよ。老人の霊な』と言っているんです」

「……え？」

「時系列を整理すると、なんとなく理由も見えてきます。最初に翔さんは霊を『老人』と言いました。それから幽霊事件が大ごとになります。キヨさんがやってきて、旦那さんが化けて出ていると主張します。その噂を聞きつけた佐保さんが、翔さんにもそれを伝える。その後なんです。翔さんが『爺さん』と言い始めたのは。『今朝、佐保から聞いたよ』と言っていたから、間違いありません」

「え……まさか」

「ええ。翔さんは最初、ただ老人の霊だと思っていたはずなんです。女性だか男性だか、そもそもわかっていなかった。そこに『キヨさんの旦那が化けて出ている』と噂を聞いたものだから、いつのまにか『爺さん』だと思い込んでしまっていたのではないでしょうか」

「あー……そんな気も、してきた……」

翔がぽかんと口を開ける。佐保がきいっと歯を剝いた。

「ちょっと翔ちゃん！　あんた、なんて頼りないの！」

「老人の霊の顚末《てんまつ》は、そういうことだと思います。噂と、翔さんの誤解が原因だったわけですね」

壮太はぱたんと手帳を閉じた。

依然として室内には緊張が続いている。清江は土下座を続け、及川助役は何とかそれをやめさせようとしている。

壮太はそこに一石を投じた。

「そしてコンクリートの劣化の件も、誤解があると思うんです」

「なんじゃと？」

清江が壮太を見た。

「なぜ耐用年数より前に、コンクリートが劣化したのか？　それも一・二番線ホーム側だけ」

「それは、ジジイの奴が手抜きしたんじゃろ」

「七曲主任、さきほど建築設計の方が『手抜き工事』と表現していたと言いましたね」

「ああ」

　七曲主任は頷く。

「確かにそう言っていたぞ」

「駅舎の建設時期を調べました。一九六六年から、一九六七年です。高度経済成長期ですね。この時代の手抜き工事と言えば、海砂コンクリートだと思われます」

「なんだそれ？」

「当時は需要過多から、建築資材が不足していたんですよ。特にコンクリートの骨材である小石や砂利が手に入りづらくなっていた。そこで使われたのが、海砂です。塩分を十分に抜けば海砂も骨材になるのですが、経費削減のためにそれを怠る手口が横行していました。すると一見普通のコンクリートができますが、海砂中の塩分によってすぐに劣化し、鉄筋を錆《さ》びつかせます。錆びた鉄筋はやがて膨張して、ひび割れたり崩落したりするでしょう。悪質な業者たちの中では常套《じょうとう》手段だったようです」

　ふん、と清江は息を吐く。

「ジジイもその一人ってわけか」

　壮太は淡々と続けた。

「違います。キヨさん。旦那さんが粗悪なコンクリートでこの駅を作ったなら、どうして駅舎が傾くのでしょうか？」

「……何を言ってるんじゃ？」

「よく考えてみてください。駅舎は一・二番線ホーム側に傾いています。ヒビが入っているのは一・二番線ホーム側だけです。つまり、三・四番線ホーム側は劣化していないんですよ。片側だけ劣化しているから、傾くんです」

「片側だけも何も、劣化は劣化……」

　清江は、何を言っているのかわからない、という顔をした。

　それから口を開く。あることに思い当たった。

「まさか、あのテープの話か？」

「そうです。旦那さんが残した、テープの声です」

あー……ゴホン。キヨちゃんへ。わしは、自分の魂は絶対に殺さん。魂だけは死なんのじゃ、不滅なんじゃ。疑おうもんなら、いつでも見にくりゃいい。藤乃沢の駅にずっとおる。わしに会いたくなったら、三・四番線ホームと駅舎じゃ。ええか、三・四番線ホームと駅舎じゃ。間違えるなよ、他は違うからな、塩くせえとこと一緒にすんなよ。わかったなあ？……これでいいか。

「三・四番線ホームと駅舎。他は違う。旦那さんが手掛けたのは、三・四番線ホームと駅舎だけなのではないでしょうか？　作業を分担したとおっしゃってましたよね。つまり一・二番線ホームは、以前のお話にあった塩田という……」

「そ……そうじゃ」

　清江は立ち上がる。

「確かにそうじゃ。塩田に一部をやらせたと言っとった。塩田は幹部候補生だから、どうしても一部をやらせなきゃならんのじゃと、言っとった……」

「きっと、海砂入りコンクリートと塩田さんを指して、『塩くさい』と表現したんでしょうね。ところで旦那さんは、予算や工期が足りないともこぼしていませんでしたか？」

「なぜわかるんじゃ？　その通り、よく愚痴りながら酒を飲んどった」

「古い社内報を調べたんです」

壮太はコピーした紙を差し出す。それは社内報の記事の写しだった。

「『画期的新建設、藤乃沢駅』とあります。記事の内容ですが、これまでより少ない予算、短い期間で駅を建設したというものです」

そこで壮太はいったん口をつぐむ。

「社内の問題ではありますし、ここからは推測になりますが……いいですか？」

壮太は及川助役を見た。話してもいいか、という意味である。この空気の前で断ることができるはずもなく、及川助役は頷いた。

「では、僕の考えをお話しします。低予算かつ短工期での工事は、幹部候補生の塩田氏が手柄を挙げたくて推進したのではないでしょうか。彼は縁故入社だったそうですね。おそらくキヨさんの旦那さんは、社内の人間関係上、彼に協力しなくてはならなかった。しかし実際には工事がうまくいかなかったんだと思われます。満足な材料を手に入れるための予算も時間も足りず、塩田氏は骨材に海砂を入れた、粗悪なコンクリートを使わざるを得なかった。表向きは派手でも、欠陥のある建設だったわけです」

清江は立ち尽くしたまま、虚空《こくう》を見ていた。

呆然と何か考え込んでいる。

「ちなみに藤乃沢駅以降、大きめの駅では似たような低予算・短工期の工事があちこちで行われています。さくらが丘駅、竹ヶ塚駅、藤見動物公園駅、吉祥駅……知り合いの車掌がそれらの駅でも幽霊の噂を聞いたと言ってましてね。ラップ音があるようです。考えすぎかもしれませんが……ひょっとしたら、塩田氏がそこでも手抜き工事をしていたのかもしれませんね」

「待ってよ！　わからないことがある！」

質問したのは雅子だった。

「おかしいじゃない。予算と工期が足りなかったなら、どうして、どうして……お義父さんの手がけた三・四番線ホームは、劣化していないの？」

壮太は首を傾げ、そして答える。

「わかりません」

「わかりませんって？」

「ご本人は亡くなっています。確認する方法がありません。ただ……何らかの方法で良質な建築資材を入手したのではないでしょうか」

「何らかの方法って、何よ？」

「ですから、それはわかりません」

壮太の声を聞いて、清江がゆっくりと俯いた。

そしてまるでうわごとのように、何か言った。

「あのジジイ……」

「え？」

その声を聞き取ろうと、雅子が黙る。武も清江ににじり寄る。

「……そうじゃ。貯金、全部使っておったんじゃ。小遣いにやった金、全部。相当の額があったはずなのに……」

清江の目は泳いでいる。はっきり開かれてはいるが、焦点はどこにも合っていない。いや、違う。その目は確かに見ていた。過ぎ去った記憶を。和義と共に過ごした時間を。まだ髪が濃くて黒かった頃の和義を、庭で作った野菜を共に食べた和義を。まだ武は小さくて、清江は若かった。遠くなっていた清江の耳に、確かに声が聞こえた。

「これは良心の問題じゃ。誰かが許さないんじゃない、ワシの心が許さないんじゃ。誰も見ていないところでズルをしようとしても、お天道様が見とるんじゃ」

武も同じ声を聞いた気がした。それは幻聴か、それとも記憶が唐突に蘇《よみがえ》ったものか。判然としなかったが、とにかくそれが誰の声だったかはわかった。

和義の声だった。

誰よりも頑固で、絶対に筋を曲げず、こうと決めたら人の意見など聞かない。そしてわが身を削ってでも、正しいと思ったことをやる。清江が惚れた和義の声、嫌というほど武が言い聞かされた和義の声、それはやがて清江の口癖にもなり、武の記憶にも刻み込まれている。

「入場券じゃ！」

清江は硬貨を二つ、及川助役のデスクに叩きつけた。及川助役が飛び上がる。清江は券を受け取りもせずに構内へと駆け出す。

「キヨさんっ！」

壮太が追いかける。及川助役も後に続く。

清江は走った。走ることなど久しぶりだった。すっかり衰えた膝はみしみしと痛み、一つ床を踏むたびに腰骨が震える。だが走った。若者の早歩きくらいの速度しか出ていないとしても、走った。通り過ぎていく他のお客さんが、何事かと清江を見る。気にしてなどいられなかった。清江はまっすぐに三・四番線ホームへの階段を駆け下りる。

息を切らせながら身を翻し、そこに立つ立派な柱の前で止まった。

大きな柱だった。地味としか言いようがない灰色。「ふじのさわ」と書かれたプレートがかかっている。プレートには錆が走り、年月を感じさせる。

「……ヒビ一つ、入っとらん」

清江は見上げて言った。柱は依然、健在であった。すでに二人の子供をもうけ、二人とも成人させた息子の武よりも、さらに一歳年上の柱。強くたくましく重々しく、コンクリートと鉄筋は駅舎を支え続けてきた。

派手さはない。魅力にも欠ける。だがその中には確かな材質のコンクリートが詰まっているのだろう。力強さが内側から滲《にじ》み出ているかのようだ。不器用で、頑固な和義そのもの。

その魂が確かにそこに宿っていた。

「カズ、あんた」

清江は今は亡き恋人の名を呼んだ。

「自分で骨材買って……」

清江はそこまでしか言えなかった。

突然涙が溢れ出てきて、清江は崩れ落ちた。柱に寄り掛かり、清江は泣いた。

なんとバカなジジイだろう。

自分が満足する仕事をするために、身銭を切ったのだ。遊びでもなく、バクチでもなく、自分の筋を通すために金を使った。塩田を責めたり、会社を訴えたりもしなかった。清江にすら黙って工事をやり通し、そして会社を辞めたのだ。

良いのだ。

それで良い。

それが自分の生き方なら、恥じることなどないっちゃ。見返りが欲しいのとは違う。

自分のやりたいことを、まっすぐやればいいんじゃ。そうだろう？　キヨちゃん……。

和義が清江にそう言い聞かせている気がした。雅子や武との衝突で悩んでいた清江を、肯定し、元気づけてくれた気がした。

藤乃沢駅は古びた駅だ。だが清江の目には見えた。落成当時の、あのぴかぴかの駅舎が。

黙って腕組みして、しかし満足げに藤乃沢の三・四番線ホームを見つめていた和義の姿が。

清江は柱にもたれかかる。涙がコンクリートの表面を伝う。

柱は、どこまでもその体重を受け止めてくれた。

⚜

雨はいつの間にか止《や》んでいた。

清江、雅子、武の三人は夜道を歩いている。

線路沿いの歩道はどこまでもまっすぐで、車が少ない。脇には団地が立ち並び、街灯が植木や遊具をぼんやりと照らしている。

「というわけで、幽霊事件も、手抜き工事も、わが社の責任です。キヨさんが気に病むことはありません」

壮太と及川助役は、最後にそう言って頭を下げてくれた。

「……勘違いして色々失礼なこと言っちゃって、申し訳なかったわ」

雅子がぼそりと言った。

「大丈夫じゃよ」

清江が答える。

「そうですかね。改めてお詫びに行った方がいいんじゃ」

「あの壮太とかいう駅員とは、野菜をやり取りする仲じゃ。また明日、小松菜でも持っていけばよかろ。ワシにまかしとき」

「……お願いします、お義母さん」

三人は横並びだから、互いの顔は見えない。だが、向かい合って声をぶつけていた時よりも、距離は近しく感じられた。

「なあ、母さん」

武が言った。

「ん？」

「この道、親父と母さんと、三人で一緒によく帰ったな」

「ああ、そうじゃな」

「買い物をして、電車を見て……」

「お前は人んちの壁に上って、急行を見ようとするんだよ」

「そう。流行《はや》ってたんだよ。みんなそうしてたんだ」

「だが、和義は絶対に許さない」

「そう、親父は絶対に許さないんだ」

くすくすと笑い声。

「怒鳴りつけられて、殴《なぐ》られて……えらい頑固な親父だと思ったもんだよ。理不尽だとも感じた」

「ワシもよく思ったぞ」

「でもさ……俺、あの親父好きだ」

「………」

「親父のそういうところ、嫌いでもあり好きでもあった」

「ワシもそうじゃ。でなけりゃ何十年も一緒におらんわ」

雅子が吹き出した。武も優しい笑みを浮かべていた。

「帰って、もらった海老しんじょでもつまもうか」

清江が言うと、二人は頷いた。

天を仰ぎ見ると、雲は晴れ、闇の中で星が輝いている。

昔と今、それぞれの時間軸で。

三人の家族の上に、北斗七星が浮かんでいた。

幕間　俊平の憂鬱　その三

俊平は自宅で、父親に買ってもらったノートパソコンを覗き込んでいた。

就活支援サイトを眺め、メーラーを確認し、企業の情報を調べている。

未だに内定は一つもなかった。大学の友人たちはとっくに希望の会社に就職を決めたというのに。日ごとに焦《あせ》りはつのり、不安が大きくなっていく。

一通、新しいメールが届いた。

あるＩＴ系企業から、説明会の案内だった。

「経済学部で、今春卒業のあなたに是非！　ぴったりの求人です。わが社はあなたのような才能ある人材を必要としています。わが社の未来を担うのは、あなたです！」

笑顔の青年の画像と一緒に、嬉しくなるような言葉が並んでいる。俊平はそれを見て、ちょっとうんざりした。どの会社も同じだ。説明会や面接に呼ぶまでは、熱くラブコールを送ってくる。しかし面接では扱いがぞんざいになり、面接の後にはほんの数行のメールで不合格を伝えてくる。

あなたの才能が必要だと呼びつけ、やっぱりいらないと突き放す。

どうやらそれが大人の世界というものらしい。

自分はまだまだ世の中を知らないのだな、と思った。だがどうしたらいいのかわからない。まだ社会人になっていないのだから、社会のことを知りようがないではないか。それとも他のみんなは、社会を知っているのだろうか。だとしたら自分だけが、大きく劣っているのか。

ふと、姉の言葉を思い出した。

——俊平だって、鉄道のことそんなに知ってるわけじゃないよね——

ほんの気まぐれであった。俊平はパソコンを操作し、いつも利用している蛍川鉄道の採用情報を覗いてみる。

募集要項、福利厚生、業務内容……。

蛍川鉄道が優良企業であることくらいは、俊平も知っている。確かに給与や福利厚生は、他の会社と比べても優れていた。だが業務内容は俊平を憂鬱《ゆううつ》にさせた。いわゆる駅員さんに、車両の整備、保線……。面白そうには思えない。駅を開けてお客さんを案内する。それを毎日毎日、延々と続ける。単純で同じことの繰り返し。

やっぱり嫌だと思った。自分はこんなことをするために生まれてきたわけではないと思った。

「俊平、ご飯できたけど」

その時背後で扉が開いた。エプロンをつけた母親がこちらを見ていた。

「部屋に入る時はノックしてって言ったじゃないか」

俊平は不快感を露わにして言った。

「あ、ごめんなさい……調べものしてたの？」

「ちょっとね」

俊平はノートパソコンを閉じようとする。その前に、母親は目ざとく画面を確認した。

「蛍川鉄道、受けるの？」

「そんなつもりはないよ。ただ、ちょっと気になっただけ」

「あ、そうなの。母さん、鉄道会社とか安定してていいと思うけど」

「俺は安定が欲しいんじゃないんだ。やりがいが欲しいんだよ」

母親は首を傾げる。

「やりがいだって、ありそうじゃない？」

言い返されて俊平は腹がたった。実際に就職活動で苦労しているのは自分だ。ずっと専業主婦の母親にとやかく言われたくはない。

「ないよ。もう、口を出さないでくれよ」

俊平は吐き捨てるように言う。

「ご飯は？」

「もうちょっとやってから食べるよ！」

つい、口調がきつくなった。

「そう。わかった」

母親は申し訳なさそうに、部屋を出て行く。

扉が閉まったのを確認して、俊平はノートパソコンの画面をぼんやりと眺める。特に急ぎの作業があったわけではない。しかし素直に母親と一緒に階下に下りるほどの、心の余裕もなかった。

俊平は頭を抱えて、目を閉じた。

憂鬱だった。何から何まで憂鬱だった。

三章　俊平と、立派な髭の駅長

「あー、どうもどうも」

九時五十分、約束の時間よりきっかり十分前。喫茶店に現れた橋野恵美は、のんびりとした声で俊平に声をかけた。俊平は立ち上がり、礼をする。

「恵美先輩。お久しぶりです」

「はっはー、そんなに堅苦しくしなくていいって」

「ありがとうございます。しかし、早いですね」

「あはは、鉄道会社に勤めてると、どうしても時間にだけは厳しくなるかな」

「やっぱり厳しいんですか？」

「厳しいなんてもんじゃないよ。一回遅刻したら始末書。その後の昇給や、昇進にも大きな傷になるよー。私、注文してくるね」

カウンターでココアを頼み、恵美は俊平の前に戻ってくる。

「あー、ココアうめー」

湯気の立つココアをすすり、恵美はチョコレートくさい息をほふっと吐いた。

「恵美先輩、変わらないですね」

恵美は俊平のゼミの先輩にあたる。大学の時からのんびりとしていて、一人でぼうっとしていることの多い人であった。

「俊平君もね。今日はどしたの？　ＯＧ訪問ってやつ？」

「はい。恵美先輩って、蛍川鉄道に就職されたんですよね」

「そだよ。今は車掌やってる」

「その、お仕事の様子などのお話を伺いたくて」

「へえー俊平君、蛍川鉄道受けるの？　じゃあ、また後輩だねー。いいよ。何でも聞きたまえー」

「ありがとうございます。じゃあ……お仕事のやりがいって、どんなところにありますか？」

「やりがい？」

恵美は頬に人差し指をあてて首を傾げた。

「なんだろー……基本単調な仕事だからなあ……」

やっぱり。俊平はその反応を見て思う。姉も、親も、鉄道会社を勧める。だから俊平は念のため、恵美に話を聞いてみることにした。だけどどうだ、実態は俊平の想像した通りではないか。やりがいに欠け、同じことを機械的に続けるだけの世界なのだ。

「モチベーションとかは、どうやって維持されてます？」

「も、も、もちべーしょん？」

恵美は眉をひそめた。

「やる気と言いますか、そういったものです」

「うーん、お金もらえるからやってる」

「そ、そうですか……」

俊平は質問の方向性を変えてみることにした。

「じゃあキャリアパスについて知りたいんですけれど。駅の人ってどういう風に昇進していくんですか？　やっぱり手柄を挙げるとか？」

「いや、普通にしてれば昇進してくよ」

「え？　年功序列ですか」

「そんな感じ。まず駅務員になって、数年したら車掌になる試験を受けられるの。それに合格すれば車掌になれる。車掌を数年やったら、今度は運転士になる試験を受けられる。合格したら運転士。さらに問題なく勤めれば、助役だとか駅長だとかになっていく感じ」

「……何だか、平坦というか……地味な感じですね」

「うーん、そうかもね。もちろん幹部候補生として採用される人はちょっと別なんだけど。でもね、鉄道って普通の会社とは結構違うよ。手柄とか、そういう考え方がないもの」

「手柄がない？」

　恵美は頷いた。

「うん。ノルマだとか、目標だとか、そういう意識が希薄なの。とにかく毎日きちんと電車を動かすこと、これが一番大事。そのためには遅刻しない、確認をしっかりする、ミスをしない……求められるのはそういう努力。つまり減点法だよね。当たり前のことを当たり前にやれる人が出世していく。逆にどれだけ営業頑張ってたって、独創性があったって、遅刻するような人はダメ」

俊平の気持ちが萎《な》えていく。

大きな契約を取って喝采される。画期的な新製品を作り出して世の中を変える。そういった華々しさとは無縁な業種らしい。

「だから社内には保守的で、真面目な人が多いかなあ。あと、マイペースな人」

「なるほど……」

「俊平君も真面目だから、向いてるかもねぇ」

そうだろうか。いかにもつまらなそうな仕事だとしか思えなかった。

「その、昇進した先の……助役とか、駅長の仕事ってどんな感じなんですか」

「うーん。助役は、駅員を統括する人。駅員の管理職だよ」

「駅長は？」

「駅長、何してるかな……」

恵美はしばらく考え込む。

「私が前にいた駅の駅長は、掃除とかしてたかな」

「そ、掃除？」

俊平はのけ反《ぞ》る。

「駅の業務は基本的に助役と駅務員で回すの。駅長は書類仕事が主だし、会議が多いから、最前線にはそんなに出てこないんだよね。だから手が空いたら掃除しながら駅員の様子を見たりしてる」

「そ、そうなんですか……」

俊平の頭の中では、形だけは「偉い人」なのに、やってることは大したことがない、というイメージが浮かぶ。

「もちろんトラブルがあれば別だよ。人手が足りなくなったら駅長が手伝うし、重要なことは駅長が責任持って判断する」

「なるほど」

「あと朝礼で挨拶《あいさつ》したりするよ。他にも町内会のイベントに呼ばれたりとか」

「あ、あのう……？　駅長って、偉いんですよね？」

俊平は頭を抱えてしまう。なんだかまるでマスコットのような存在ではないか。

「うん、偉いよ。かなり偉い。出世すごろくの、一つのゴールだからね」

出世した先の駅長であっても、仕事はそんなものなのか。

「偉いのにそれですか」

俊平の声には、どこか軽蔑《けいべつ》の音がこもった。

「えっ？　うん。そうだけど。俊平君、駅長に興味あるの？」

興味なんてない。いや少しはあったが、今のやり取りで全くなくなった。俊平はそう言いたいところだったが、さすがに自重した。

「いえ……まあ、そんなところです」

「なるほどねえ。確かに駅長の仕事って、利用客には見えづらいからねえ。大きな駅にでも行って、観察してみれば？　トイレに張り紙してるオッチャンとか、箒《ほうき》でそのへん掃いてるじいちゃんとか、意外と駅長だったりするよ」

「藤乃沢駅の駅長なんかも、そういうことばかりしているんですか」

恵美はうーん、とうなった。

「藤乃沢駅には、駅長はいないんだよね」

「え？　いない？」

俊平は首を傾げる。詳しくは覚えていないが、祖母や母から藤乃沢駅の駅長について何か話を聞いたような記憶があるのだが。

「そもそも駅長ってさ、全部の駅にいるわけじゃないんだよ。大きめの駅だけなんだよね。で、一人の駅長がいくつかの駅を管理するわけ。藤乃沢駅は、草間《くさま》駅長の管轄、とかそういう仕組み」

「そうだったんですか……知りませんでした」

「ここから近い駅で、駅長がいるのは……やっぱり草間駅かな。あとね、駅長を探す時は制帽を見ること」

「制帽？」

「うん。そこに金のラインが二本あったら、駅長さん。一本だったら助役さん。蛍川鉄道では、そう決まっているの」

「なるほど……よくわかりました。ありがとうございます」

俊平は言い、頭を下げた。

「就活、頑張ってね。俊平君がどこかの駅長さんになるの、楽しみにしてるよ」

恵美はそう言って笑った。

俊平が駅長になりたがっているのだと、勘違いされたようだ。大きな誤解だと、俊平は思った。駅なんて、駅長なんてくだらない。今日、あらためてそれがよくわかった。

俊平は空になったコップを持って、食器返却口へと向かった。

♰

藤乃沢駅で、大きなくしゃみが響いた。

何度もくしゃみをしながら、駅長が窓口事務室へと入ってきた。デスクにいる及川助役が心配そうに言う。

「駅長、制帽が落ちましたよ……風邪ですか？」

及川助役が金のラインが二本走った制帽を拾い上げる。駅長はそれを頭で受け取りながら、ロマンスグレーの立派な髭をこすり、もう一度くしゃみをした。そして及川助役を見ると、平気だという風に首を振った。

報告書を書きながら、佐保がこちらを見て言った。

「どこかで噂でもされてるんですかね。それか、寒いからかな？」

「確かに今日はえらく寒いなあ」

ぶるっと身を震わせる及川助役の前を通り、駅長は専用のデスクに向かう。途中でもう一度くしゃみをした。

ここ数日はやけに冷え込む。大きな低気圧が接近する一方で、北方からの寒気が関東に流れ込んでいるらしい。

「そうだ。駅長、及川助役、天気予報見ました？」

佐保が聞いた。及川助役が振り返る。

「いや。何か悪い予報か？」

駅長も奥に据え付けられているブラウン管のテレビに目をやった。そこでは音声をオフにして、ニュースが流れていた。

「どうやら今日、大雪のおそれがあるみたいですよ」

佐保の声に、駅長も及川助役も眉間に皺を寄せた。

「大雪だって？　積もるのか」

「及川助役、積もる可能性は高いとのことです」

なんてことだ、と及川助役は髪をかきあげた。

「非番の駅員に召集をかけておきましょうか？」

佐保の言葉に、駅長が仕方なさそうに頷く。

及川助役が補足するように口を開いた。

「一応連絡は入れておこう。呼び出す可能性がある、くらいの形で。積もり始めたら、召集だ」

「了解です」

電話をかけ始める佐保に背を向け、駅長はため息をつきながら藤乃沢駅の窓から外を見る。

一面二線のホームの上で、灰色の雲がびっしりと空を覆っていた。

ＦＡＸで今日の運転報が送られてくる。運行列車を三十％減らす、との連絡であった。

「今日は帰れないかもしれないな」

それを見て、ぼそりと及川助役はこぼした。

粉雪が降り始めたのは、十一時頃であった。壮太は、七曲主任と一緒に倉庫へと向かっていた。

「かなりの降りですね」

壮太が駅舎の中を歩きながら、外を舞う無数の白片を見て言う。

「こりゃ間違いなく積もるな。今頃、運転指令は戦々恐々としているだろうぜ。ダイヤは確実に乱れるからな」

七曲主任が答えた。

「ダイヤが乱れても、止まらなければいいんですけどね」

「止まるほどの大雪なんか滅多にねえさ……でも、備えは必要だ」

二人は駅舎を出ると、線路の脇を抜けて歩く。そこには倉庫がある。七曲主任が鍵《かぎ》を開けて扉を開いた。壮太は踏切の横の道路を眺める。乗用車やトラックが行き交っている。さすがに交通量のある道路にはまだ積もっていない。だが家々の屋根には、薄くではあるが白い膜ができ始めている。夜まで止まなければ、厄介なことになると思われた。

「ほれ壮太、運ぶぞ」

「はい」

積み上げられた融雪剤の袋を掴み、腰を入れてぐいと持ち上げる。それは米袋に似ている。ただし一袋あたり二十キログラムもある。担いで運ぶだけでも重労働だ。久しぶりに感じたその重みに壮太は歯を食いしばる。目の前で二袋をいっぺんに運んでいく七曲主任に至っては、同じ人間とは思えない。

都内で積雪など滅多にない。実際、今冬は今日まで一度も融雪剤を使わなかった。それがまさか、少しずつ温かくなってきた今、使うことになるとは。

「今日は十袋くらいですかね？」

「とりあえず十五袋だな。二つのホームと窓口に五袋ずつだ」

「りょ、了解です……」

息を切らしながら壮太は融雪剤を運ぶ。その顔に容赦なく雪が降り注ぐ。汗だくの体に触れた雪は、あっという間に溶けて消える。

袋を運んできた壮太と七曲主任を、ホームで翔が迎えた。

「融雪剤、持ってきました……ハア、ハア」

「お疲れ壮太。ホームに撒くのは任せろ」

「翔さん、お願い、します……」

壮太は額の汗を拭う。彼が置いた袋を翔が破いて開封すると、白い粉末が姿を現した。

「おい翔、ゴム手袋つけとけよ」

「そうでした」

七曲主任に言われ、翔はポケットからゴム手袋を取り出してはめた。それから袋を引っ掴み、引きずるようにしながらホームに白い粉末をがさがさと撒き散らしていく。足りなそうな所には、手のひらいっぱいに融雪剤を掴んで、豆撒きのごとく豪快にばら撒く。

「翔、惜しまず撒くんだぞ」

「わかってます」

「よし。壮太、三・四番線ホームにも袋を運んで、撒いてこい。駅入口の方は俺が撒く」

「七曲主任、了解です」

「線路なんかに融雪剤がかからないよう、気をつけてな」

「ええ」

融雪剤と言っても何ということはない、中身は塩化ナトリウムとクエン酸である。

要は塩だ。鉄に付着すれば錆びつくし、素手で握れば肌が荒れる。使いやすいとは言いづらいし、効果もさほど劇的なものではない。しかし、価格は安いのだ。そのために蛍川鉄道では長年使用されている。

壮太は頷き、息が整ってきたのを確認して再び倉庫へと向かった。

⚜

「あれ、俊平。随分早かったのね」

昼過ぎに家に帰ると、母親がそう言った。

「蛍川鉄道の駅員さんにOG訪問してきたんでしょ？」

「駅員じゃないよ、車掌だよ」

俊平は俯いて答え、すぐに二階の自室へと上がろうとする。母親とあまり長く話したくなかった。

「そ、そう。で？　どうだった？」

「どうもこうも、いまいちだったよ。鉄道の仕事なんてくだらないや」

「そうなの？　でも、もう少し調べてみたら？」

「いや、いいよ。それよりもっと俺の才能を活かせる会社を探す」

早く話を切り上げて一人になりたいというのに、母親は食い下がる。

「だけど、鉄道だってやりがいはあると思うよ」

「母さんは俺のこと、わかってないだけだよ！」

つい、大きな声が出てしまった。

「だけどね、俊平……」

なおも会話を続けようとする母親に背を向け、俊平は脱ぎかけたコートを再び羽織った。

「ちょっと出てくる」

ぶすくれた顔で言う。

「え？　どこに行くの？」

「説明会だよ。今日、もう一つ行く予定だったの忘れてた」

口から出まかせだった。今日はもう予定などない。就活だと言えば問答無用で会話を終わらせられることを、俊平は知っていた。そうと知らぬ母親は慌てる。

「あら、外、雪降ってるわよ。傘がいるわね、それから長靴も」

「大丈夫だよ。自分でやる」

「ご飯は？　夜までには帰ってくるの？」

「外で食べるよ」

「オニギリ、作ってあげようか？」

「いいったら！」

あれこれと世話を焼く母親が、心底うっとうしかった。俊平は鞄を担ぎ、マフラーを巻いて玄関の扉を開けた。白い雪が風に乗って舞っている。通行人も木々も身を縮こまらせているようだった。それでも家の中よりは落ち着くような気がした。

「俺、行ってくる」

「待って！」

母親は叫んで、台所へと飛び込んだ。

「何だよ」

「はい、これ！　持って行って！」

信じられないほどの素早さで、母親は台所から出てきた。手には包みがある。タッパーらしきものが、布で巻かれていた。何かおかずを包んだのだろう。

「荷物になるだけだから、いらないってば」

俊平は不愉快さを隠さずに言った。

「いいから。食べないなら、そのまま捨てちゃってもいいから」

母親は屈《かが》んで俊平の黒い鞄を開くと、そこに包みを押し込んだ。俊平は母親の頭を見下ろす。何本か白髪がまざっていた。

「……だったら、捨てるかもしれないよ」

「うん。お好きなように」

断るのも面倒だったので、俊平はそのまま鞄を閉じた。包みのぶん鞄はぷっくりと膨れて、不格好であった。取っ手を摑んで持ち上げてから、ふと思い出して聞く。

「そうだ。藤乃沢駅に駅長って、いないんだって？」

母親は虚を衝かれたような顔をした。俊平は補足する。

「今日のOG訪問でさ。駅長がどんな仕事をしているのか知りたいって言ったら、藤乃沢には駅長がいないって言われたんだ。参考にするなら、草間駅に行くしかないって」

「あ、ああ。そういうことね。そうだね、駅長の仕事を見るなら別の駅に行くしかないね」

母親はうんうんと頷いた。

「やっぱりそうか」

藤乃沢駅に駅長がいるというのは、やはり自分の思い違いだったらしい。納得すると、俊平は扉を閉め、外へと歩き出した。

雪はすでに一センチほど積もっている。その表面を革靴で踏みつけると、柔らかく潰れて水を吐き出した。

「常識はずれの降りだぞ、こりゃ」

及川助役、壮太、佐保の三人は、黄色の蛍光ラインが走った安全ジャケットと雨具を羽織って線路脇を歩いている。壮太は手にカンテラ型の融雪器を複数持ち、及川助役は灯油缶を持っている。

雪は粉雪からボタ雪に変わっていた。勢いも激しくなり、時折手で払わなければ体中に雪がくっついてしまう。

「山間部では積雪二十五センチと予報が出ているようですよ」

壮太が言った。

「そんなもんじゃすまない気がするな……ここに勤めて三十年になるが、これだけの雪は本当に珍しい」

及川助役が額に皺を寄せて空を見る。雲は依然濃く、降り注ぐ雪がはるか天空で踊っていた。

「ポイントに到着！　列車監視します」

佐保が言い、合図用の旗とライトを持って少し離れた地点に立った。

「佐保さん、了解です。転轍機《てんてつき》融雪器、設置開始します」

壮太がしゃがみ込む。

線路には分岐器という部分がある。列車の行先を変更する、切り替えポイントだ。これを転轍機という装置で動かしている。転轍機はモーターで遠隔作動するが、積雪時は雪が詰まったり、凍結して動かなくなってしまう危険がある。その状態で列車が通れば脱線や衝突の原因になる。では、どうするか？

単純明快。下から火で炙《あぶ》るのだ。

壮太は転轍機の下に設けられているU字型の空間に、手にしたカンテラ型融雪器を設置する。そこから燃料ホースを伸ばし、燃料タンクには灯油を補給する。着火。カンテラに火がともり、オレンジ色の光であたりが照らされた。

「よし、いいぞ。ちゃんと水平にしてな」

及川助役が頷く。

「はい」

「列車接近！　退避お願いします！」

佐保の声が響く。線路が震え、ゆっくりと電車が近づいてきた。降雪と視界悪化のため徐行運転だ。まだ日中だがライトも点灯している。

「列車接近了解です」

壮太と及川助役は答え、線路脇に避難する。それを確認した佐保がライトを掲げて接近了解合図を出す。近づいてきた吉祥行き各駅停車は、パアンと一つ警笛を鳴らしてそれに応えた。

通り過ぎる一瞬、運転席が見えた。軽く手を挙げてこちらに挨拶している。窓には雪が無数に付着し、ワイパーが一生懸命に動いている。

片手を挙げる接近了解合図でそれに応え、壮太は列車が過ぎ去るのを見送った。

六両があっという間に通過し、後部の赤ライトが壮太たちを照らした。車掌がにやっと笑っていた。

再び壮太は融雪器の設置を続ける。

「よし、ＯＫだ」

及川助役が言った。壮太は頷く。

融雪器の燃料は、およそ二時間ほどで尽きる。定期的に補給しなくてはならないのだ。そのたびに灯油を担いで駅と転轍機を往復することになる。

融雪剤も何時間かおきに撒かなくてはならないし、そのつど倉庫からあの重い塩袋を運ばなくてはならない。ホームや駅の雪かきも必要だ。通常の業務に加えてこれらの作業が発生するため、休憩する余裕はなくなってしまう。

だが作業を一つでもおろそかにすれば、今度は電車が止まる。お客さんに迷惑がかかる。

大自然の圧倒的なパワーの前で人の力はあまりに小さい。しかしそれでも立ち向かわねばならない。塩を撒いて、火で氷を溶かし、スコップで雪をのける。今日は蛍川鉄道の全駅で……いや、あの黒い雲の下を走る全ての鉄道会社の駅員がそうやって戦っている。

「融雪器設置完了です」

壮太が言った。及川助役が頷く。

「よし、次は竹ヶ塚側だ。一旦駅舎に戻るぞ」

「はい……食事、どうしましょう？」

壮太が聞いた。

「食事？　ああ、食事当番か」

「ええ、今日は僕です。皆さん、それから駅長もお腹を減らしているかと思って」

「残念ながら作っている暇はないな。どこかでコンビニに買い出しに行こう」

「そうですね」

壮太と佐保は頷いた。

心なしか、各駅員の顔は引き締まっている。いつもの佐保だったらコンビニ飯なんか嫌だと言いそうなものだが、その佐保も真剣なまなざしだった。

雪の降る勢いは一向に弱まらない。それどころかますます強くなっていく。

だが蛍川鉄道はその底力を見せ、大きな問題なく運行を続けていた。

⚜

へそを曲げて家を出た俊平は、藤乃沢駅にやってきていた。母親に就活に行くと言った手前、街で時間を潰すのは憚《はばか》られた。しかし別に行き先があるわけでもなく、ぼんやりと駅で時間を潰している。

時刻は十六時を過ぎつつある。

乗客たちはみな、雪に塗《まみ》れて駅にやってくる。または傘を広げ、覚悟を決めたような表情で外へ出て行く。タクシー乗り場にはすでに長蛇の列ができていた。駅員が忙しそうにスコップを持って行きかい、駅前の除雪を行っていた。

俊平はぼんやりと、その様を眺めていた。

「大雪のため蛍川鉄道では電車の本数を三十％減らして運行しております。また、ダイヤに乱れが生じています。繰り返します、大雪のため……」

アナウンスが流れ続けている。

改札前では現在の運行情報がボードに張り出され、窓口の駅員は電話と口頭で問い合わせに対応していた。

俊平はそれを見ながら、考える。

明日鉄道が止まればいいのに。

明日も面接だ。明後日も面接だ。どうせ落ちる。これまでの面接でうまくいかなかったのだ、次の面接でうまくいくイメージなどなかった。

この大雪で、何日も何週間も鉄道が止まってしまえばいい。それで面接に行けないとしたら、自分のせいじゃない。就活に失敗しても、自分のせいじゃない……。

ふと、俊平は気がついた。

俺が苛立《いらだ》っているのは、自分が弱いことを受け入れたくないだけではないか。

会社に見る目がないのではなく、自分に才能がないだけだと、受け入れるのが嫌なだけではないか……。

俊平は首を振り、その考えを振り払う。そんなこと認めたくなかった。

また電車が到着する。たくさんの客が改札口を通過する。疲れた顔のサラリーマンたち。スーツを着て忙しそうに歩いていく。中には改札の脇で立ち尽くしている俊平にちらりと視線を向ける者もいる。その目が、その足音が、ひとたびごとに俊平の心臓を貫き、踏み潰していくような気がした。

見下していたつもりの社会が、実は自分を見下しているように思えてきた。

「お客様にご案内します。高浜駅《たかはま》において発生しましたポイント故障により運転を見合わせておりましたJR常磐線ですが、さきほど運転が再開されました。繰り返します。JR常磐線は運転再開しました。通常のダイヤより四十分ほど遅れての運行となります……」

電車は止まらない。

これほどの雪でも。俊平が心から願っても。

なおも止まらない。

止まってもすぐに動き、遅れてもそれを取り返そうと走り続ける。

「止まらねえのかよ……」

俊平はぼそっと呟いた。

「そうかよ……」

その時、駅員が何人かばたばたと窓口から出てきた。雨具をつけた彼らの声が聞こえてくる。

「融雪剤、あと十袋ですね！」

「そうだ、翔は急いで取ってこい。それからついででいい、壮太は宿舎の風呂をわかしとけ」

「ああ、お湯を確保しておくのですね」

「そうだ。あと、バーナーと手回しクランクを用意。こっちでも転轍機が凍結する可能性がある、そうなったら溶かして動かさなきゃならん」

「了解です！　及川助役、窓口の方は大丈夫ですか？」

「駅長と俺がいるから大丈夫だ。なんとかなる！」

俊平のこめかみで、血管がぴくりと震えた。

その前を二人の駅員が小走りで駆けて行く。融雪剤とやらを取りに行くのだろう。

しかし俊平の関心はそこにはなかった。

――駅長と俺がいるから大丈夫だ――

今日の午前中、恵美から聞いた言葉を思い出す。

――藤乃沢駅には、駅長はいないんだよね――

どっちなんだよ。いい加減すぎるだろう。

駆けていく駅員の一人が、ちらりと俊平を見た。どこか品定めするような目の色だった。俊平は電車に乗るわけでもなくずっと駅にいるのだから、そういう目で見られても不思議ではないだろう。

だが、どきりとした。

駅員が自分を見下しているように思えた。先輩の恵美も、いるかいないのかわからない駅長も、通り過ぎた駅員もみな、俊平をバカにしているような気がした。

俊平は歩き出した。

ＩＣカード乗車券で自動改札機を抜ける。ぼんやりと路線図を眺め、頷いてみせながらホームへと向かう。目的地はない。とにかく他の乗客と同じ社会人なのだと、思わせたかった。他人に対しても、自分に対しても。

すいていそうという理由だけで、下りホームへと向かう。疲れた顔の中年男性の後ろに並んだ。

列車が雪をかきわけてホームに入ってくる。

その行き先も確認せず、俊平は電車に乗った。車内は暖房がきいていて暖かかった。ちょうど端っこの座席が空いた。そこに腰を下ろして鞄をかかえ、俊平は息を吐いた。

自分は逃げているだけだと知っていても、少しだけ心が安らかになった。

⚜

日が落ちた。

なおも降り続ける雪は、ついに蛍川鉄道のダイヤをずたずたにし始めた。

雪のための徐行運転。駅での安全確認。それらの時間ロスが積もり積もって、もはや吸収しようがない。三十%減の予定だった運行本数は五十%減に修正されたが、それでも列車はさばききれなくなった。

あの駅でもこの駅でも列車が詰まり、止まったり動いたりしながらの運行。

時刻表も電光表示板も、何の意味もなさない。いつ電車がやってきて、発車するのか、全ては現場次第だ。場当たり対応のアドリブ走行。

だが各駅にはお客様が待っている。彼らを家まで送り届けなくてはならない。

蛍川鉄道の運転指令室では、表示板……コンソールを見ながら指令員が駆け回っている。怒号が飛び、引っ切り無しに鉄道電話が鳴る。あちこちの列車や駅と連絡を取り合い、臨時のダイヤを作成し、次々に入ってくるトラブル連絡に対応する。

滑りやすくなったホームでお客様が転倒。踏切に異常発生。転轍機異常。泉島《いずみしま》駅から応援の要請、川入駅の余剰人員を派遣。

一つ新しい情報が入るたびに、臨時のダイヤは書き直しだ。終点まで行く予定だった列車を途中で折り返させたり、別の列車を車庫に入れたり。もう、ダイヤはぐちゃぐちゃだった。

それでも蛍川鉄道は止まらない。

転倒したお客様を助け起こして救急車を手配し、雪が詰まった転轍機をバーナーで溶かし、汗だくになりながら駅前を除雪する。

急行は全て各駅停車に成り下がり、運休が相次ぐ。問い合わせの電話は引っ切りなしに鳴り、窓口で怒鳴り散らしているお客様もいる。

決して万全のサービスとは言えない。

だが、動いている。豪雪の中を、電車は身もだえしながら走り続けている。鉄道員の意地が、矜持《きょうじ》が、雪に屈することを許さない。ダイヤ通りに動いて当たり前。それが鉄道の誇りだ。

マスコンレバーを操る運転士が、乗り降り確認をする車掌が、線路を整備する保線員が、鉄道電話を握り締める運転指令員が、そして最前線で駅務員が、一丸となって白き猛威に立ち向かっている。

しかしそれでも、限界は着実に近づきつつあった。

藤乃沢駅の管内電話が鳴った。それを取り、了解した七曲主任が振り返って及川助役に告げる。

「深夜、臨時列車を走らせるそうです。運転報も来ました」

「除雪車か？」

「いえ、霜取り列車のようですね」

「なるほど、了解だ」

及川助役は頷く。

駅長が外を見た。藤乃沢駅を貫き、隣駅を通って延々と張られている電線。列車の上に据え付けられたパンタグラフを経由して電車にエネルギーを補給するその電線に、雪が付着し始めていた。取り去らなければ事故の原因となる。

「しかし想像以上の雪だ。嫌な予感がするな」

及川助役はそう言って臨時の運転報を眺める。そこには霜取り用に特別なパンタグラフをつけた列車の運転ダイヤが記載されている。藤乃沢駅の通過予定時刻は夜中の一時過ぎだった。今頃、その列車に乗る運転士と車掌を手配しているところだろう。

及川助役の悪い予感は、たいてい当たる。

蛍川鉄道、夏日《なつひ》駅から藤見動物公園駅までの区間。谷の中を走るその区間では、風によって吹き寄せられた雪が樹木に付着し、刻一刻とその重みを増しつつあった。

⚜

「終点、吉祥ー。吉祥ー。蛍川鉄道をご利用いただき、誠にありがとうございました。構内滑りやすくなっておりますので、足元にお気をつけください」

低い男声のアナウンスで俊平は起きる。

腕時計を見た。時刻はもうすぐ二十一時になる。

電車に乗ってから何時間も過ぎていた。終点に着けば適当な電車に乗り、また終点に着けば電車に乗る。そうやって無為に時間を過ごし続け、いつの間にかすっかり夜になっていた。

吉祥駅のだだっ広く何もないホームでは、風と雪が渦を巻いて吹いている。コートの襟を立てた乗客たちが列車を降り、肩をすぼめて歩いて行く。

俊平も電車を降り、路線図を見た。吉祥駅は、藤乃沢駅から八駅西の終点であった。一度も降りたことのない駅だ。

まわりの風景が違った。人気も少ない。

藤乃沢駅では駅の周りに居酒屋やカラオケ店があった。パチンコ屋があり、マクドナルドがあった。吉祥駅の周りはいかにも閑散としている。藤乃沢駅の二倍はあるバスロータリー、しかしバスは一台も見えない。暗闇にいくつか住宅らしき明かりがともっているだけ。大きな公衆トイレ、広い駐車場、シャッターの閉まった売店……。

俺、何をやってるんだろう。

俊平はそう思って俯いた。

こんなところまで来て、何をやってるんだろう。

わからなかった。心細かった。知らない駅、知らないホーム、知らない町。こんな場所が藤乃沢とレールで繋がっているなんて信じられない気がした。

乗客はみな階段を下りてどこかに行ってしまい、ホームには何やら業務連絡をしている駅員がいるばかり。俊平は呆然と一人で立ちすくんでいた。

家に帰らなくてはと思った。

だが、母親と顔を合わせるのが嫌だった。

プライドだけは十分にあったが、俊平の手の中にはまだ何の力もない。コートもスーツも靴も、親が稼いだ金で買ってもらったものだ。知らない町で一泊する金などない。俊平は嫌だろうとなんだろうと、あの家に帰らなくてはならない。

俊平は歯を食いしばり、拳をぎゅっと握りしめた。

「三番線、各駅停車松原大塚行き到着します。大雪のためダイヤが大幅に乱れております。お客様にはご迷惑をおかけして、申し訳ありません。三番線、各駅停車松原大塚行きは十分後の発車予定です……」

隣のホームに電車が滑り込んできた。

俊平はそれを見る。照明で車内はオレンジ色に輝いていて、いかにも暖かそうに思えた。

とにかく乗ろう。

列車に乗ろう。乗って、終点についたらまた折り返す。それを繰り返して、終電になったらそれに乗って藤乃沢に帰ろう。

ただの時間稼ぎだと自分でわかっていながらも、俊平はその考えに従うことにした。遅い時間に帰って、親とは少しだけ顔を合わせてすぐに寝てしまおう。そしてまた明日から就活を頑張るんだ。

理屈を組み立てると、いい考えのように思えた。

俊平は一つ頷き、階段を下り始めた。


「こちら七曲。壮太、一・二番線ホームの雪かき進捗《しんちょく》どうだ？　どうぞ」

「こちら壮太、草間側除雪、ほぼ完了。あと十分ほどで戻ります。どうぞ」

「グリーンベルト出しとけよ」

「ええ」

壮太はテレスピを切った。テレスピーカー、通称テレスピ。ホームに設置されている、駅員専用の連絡装置で壮太と七曲主任はやり取りをしていた。

壮太はスコップで、ホームに積もった雪を必死で落としている。雪かきするのは主に階段付近、それから点字ブロックの上とグリーンベルトだ。

グリーンベルトとはホームに描かれている緑の印である。停止位置を確認する目安として設置されているものだ。もしグリーンベルトが雪に覆われてしまったら、停止位置がわからなくなってしまう。停止位置がずれたら、列車の端がホームから外れてしまうかもしれない。お客様が転落する危険があるのだ。だからグリーンベルトだけは絶対に露出させておかなくてはならない。融雪剤もたっぷり撒いておく。

しかしいくらやってもきりがない。一時間ほどで、すぐに積もってしまう。

壮太たちは交代しながら、各所の雪かきを続けていた。

休憩はない。座っていられる窓口対応の仕事が、休憩のようなものだった。

「戻りましたー」

雪塗れの壮太と佐保が窓口事務室へと入ってくる。

ホームの雪かきを終えた後、今度は駅入口の雪かきをしてきたのだった。すぐ脇に位置する商店街の方と協力してスコップで雪をすくっては投げ、すくっては投げ。壮太も佐保も汗だくになっていた。

「二人とも、お疲れ様」

及川助役がねぎらってくれる。駅長が二人のためにストーブ前の場所を空けた。

「ありがとうございます、駅長」

壮太と佐保は礼をするとストーブの前にやってきて、かじかんだ両手を温める。

「俺たちの番だな。じゃあ行ってくるか」

七曲主任と翔が、そう言って部屋を出て行く。

「もう二時間もたてば終電だ」

及川助役がダイヤを見ながら言った。

「あとひと踏ん張りですね」

壮太が頷く。

「ああ、なんとかなりそうだな。みんな、具合が悪くなったらすぐに言うんだぞ」

「ええ」

終電まで乗り切れれば、あとは簡単だ。臨時ダイヤの霜取り列車を走らせて、翌日にもう一度雪かきをすればいい。長く辛かった一日も終わりだ。

「今日はアツアツの風呂を用意しておくから、業務が終わったらゆっくり浸《つ》かっていいぞ」

及川助役がニッと笑う。佐保が飛び上がった。

「ほ、ほんとですか？　時間制限は？」

「今日は特別に、なしだ」

「いやっほう！」

佐保が両手を挙げて喜ぶと、すっかり溶けて水になった雪が飛び散った。

「長風呂大好きなんですよ、私。あひるさん浮かべよっと」

機嫌のよい佐保の声が、窓口事務室の中で響いた。

「うえーっ」

不機嫌な恵美の声が、竹ヶ塚駅の車掌区で響いた。

「恵美君、君ねえ、不快感を隠す努力くらいしなさいよ」

呆れた顔で言うのは車掌区の指導担当だ。竹ヶ塚車掌区に属する車掌を管理する立場にある人物である。

「ご、ごめんなさい」

恵美は眉を八の字にして謝る。

「よくも悪くも正直だからなあ、君は……まあ、私はそういうところ気に入ってるけどね。他でやっちゃダメだよ」

「はい。でも、夜中に霜取りの臨時列車に乗るなんて、眠いなあと思っただけです」

「本当に正直だねえ……」

駅舎のさらに奥に、車掌区の建物はある。そこには車掌たちの更衣室があり、休憩室があり、仮眠室がある。駅員たちが泊まり込む建物の車掌版である。今日は休みだったはずの恵美は、さきほどこの指導担当に呼び出されていた。

「他の車掌たちは雪の中の勤務で、疲れてるんだ。君しかいないんだよ」

「わかってます。仕事ですからやります。やりますとも……」

「終わったら、温かい物でもご馳走《ちそう》するから」

恵美の目がきらりと光る。気合いが入ったようだった。

「やります！」

これなら大丈夫だろう、と指導担当は頷いた。

恵美に行路表を渡して指導担当は事務室に戻る。そして車掌が決まったむねを運転指令に連絡した。すでに運転士は見つかっていると、運転指令からは報告があった。

これで霜取りの臨時列車の都合もついた。一段落だ。

車掌区でも、ほっとした空気が流れた。


夏日駅と藤見動物公園駅の間、一・五キロメートル地点。へばりついた雪の重みで限界まで電線はたわんでいる。さらにそこに逆巻いて風が当たり、ぐらぐらと電線は揺さぶられる。

運行本数が減ったことも影響し、雪は払い落とされぬまま次から次へとくっついていく。接触して繋がり、凍りついていく。

ひときわ強い風が、谷間を駆け抜けた。

電線は大きく空中にはね上げられ、一度、二度、叩きつけられるように落下する。その振動でぱらぱらと白い粉が落ちた。

何か繊維質のものが千切れる音が走る。同時に大地が揺れ、雪が煙のように吹き上がる。線路の脇に立っていた樹木が、ついに雪の重みに耐えきれなくなったのだ。幹に亀裂が走り、めきめきと皮が破れ、葉が音を立てながら太い木が横倒しになる。その先端が電線に引っかかり、勢いよく引っ張った。

闇の中で青い電光が走った。電気が空気を切り裂く音がした。

次の瞬間、真っ二つになった電線が、倒木の脇にばさりと落ちた。力尽きたように雪の中に埋まり、動かなくなった。

⚜

けたたましい音がした。

俊平は電車の中で飛び起きる。

非常ブレーキだろうか。鋭い金属音とともに体が揺さぶられる。座っているのに転倒しそうになって、俊平は必死で手すりのステンレス棒を握った。

照明が数度点滅して消えた。ぎりぎりと鉄と鉄がこすれる音がしばらく続き、電車は停止する。わずかな非常灯だけが残り、車内は雪が反射する淡く薄い白い光に満たされた。足元から出ていた暖房も止まった。

何が起きたんだ。

窓から外を見る。雪が付着した木々ばかりが見えた。駅に到着したわけではないようだ。

車内に乗客は俊平を含めて五人ほど。目の前で女の子が、不安そうにきょろきょろしている。

俊平も同じ思いだった。なんだこれは。電車に乗っていて初めての経験だ。膝から落ちた鞄を拾い上げ、あたりを見回す。鞄の中で母親がくれた弁当が、手のひらに当たった。それを抱きしめる。

ばたんと音がした。運転室の方を見ると、運転士が扉を開けて雪の中に飛び降りたところだった。

彼の足音が遠ざかっていく。

その後は、不気味なほど静かであった。

⚜

突然、藤乃沢駅で照明が消えた。

事務室も、駅舎も、ホームも、全ての蛍光灯が消える。エスカレーターが止まり、エレベーターが止まり、自動改札機が止まり、自動券売機が止まり、精算機が止まり、電光表示板が消え、空調が停止した。

駅長が天を仰ぐ。及川助役が立ち上がる。壮太の目の前で石油ストーブだけが、淡い赤い光を放っていた。

「停電か？」

及川助役が懐中電灯を取り出して点《つ》けた。窓口事務室内で光線が走る。

スピーカーを通じ、運転指令から一斉放送が流れた。

「各駅、各列車へ！　夏日駅、藤見動物公園駅間で架線切断発生！　竹ヶ塚駅から吉祥駅間、上下線ともに運行見合わせ！」

「架線切断だと！」

及川助役は思わず叫んだ。

「繰り返します、各駅、各列車へ！　夏日駅、藤見動物公園駅間で架線切断発生！　竹ヶ塚駅から吉祥駅間、上下線ともに運行見合わせ！」

藤乃沢駅の窓口事務室内に戦慄が走る。駅長が髭をぐいと伸ばした。

架線切断。電線が切れてしまったのだ。その架線の区間では電車および駅に電気が供給できなくなってしまう。非常電源はあるものの、無線や電話、そしてアナウンス程度にしか使う余裕はない。

七曲主任が難しい顔をして言った。

「雪のためでしょうな……」

及川助役が鉄道地図を引っ張り出して広げる。壮太は横から懐中電灯でそれを照らした。

「切断位置は夏日駅から藤見動物公園駅間と言っていたな。まずいぞ……山の中じゃないか。近くに道路もない」

「この雪です、現場に保線部隊が到着するのも一苦労でしょう。下手《へた》したら、復旧には明日の朝までかかるかもしれませんね」

七曲主任も首をひねる。

架線切断は、転轍機故障などにくらべてずっと深刻なトラブルだ。修理するには電線を繋ぎ直すしかない。危険で難しい作業だ。電車は動かないため、修理担当の部隊は資材を持って現場まで歩いていく必要もある。ほとんど雪山登山だ。

「及川助役、その間、乗客はどうするんでしょう？」

佐保が不安そうな顔で聞いた。

「通常の架線切断なら最寄駅まで歩いて避難してもらうんだが……この雪だ、歩かせるわけにもいかない」

「ですが、車内で待たせるわけにもいきませんよね？」

「指令室でも頭を抱えているはずだ」

及川助役のそばで、七曲主任も俯く。

「車内の照明も暖房も消える。鉄の列車内は、冷蔵庫になってしまう……」

翔が声を発した。

「及川助役、救援列車は？」

「架線が切断してるんだ、運行できる電車はない」

「じゃあ……じゃあ、どうするんですか！　雪はまだ、止む気配はありませんよ」

及川助役はぐっと唸る。そして静かに息を吐いてから言った。

「私たちが判断する問題ではない。運転指令室が今頃、考えているはず……」

壮太は何も言わず、顎に手を当てていた。

「それより、お客様に連絡だ。七曲、急げ」

「及川助役、了解です」

七曲主任が立ち上がって、アナウンスのマイクを手にした。

「お客様にお知らせします。先ほど、夏日駅付近で架線切断が発生しました。これに伴い、駅構内にて停電が発生しております。また、蛍川鉄道竹ヶ塚駅から吉祥駅区間は、上下線ともに運転を見合わせております。復旧のめどは立っておりません。繰り返します……」

すぐにアナウンスを聞いたお客様たちが、窓口に押し寄せてくるだろう。

及川助役は矢継ぎ早に指示を出す。まず、テレスピでホームに連絡。

「こちら窓口、及川。ホーム駅務員へ、雪かきは中止だ。倉庫からカイロ、備蓄食料を持って窓口まで来てくれ」

すぐに返答がある。

「雪かき中止、倉庫からカイロおよび備蓄食料輸送、了解」

次に佐保に向かって叫ぶ。

「自動改札を解放するんだ。切符の確認をしている余裕はない。それから、状況説明の張り紙を用意だ。手書きでいいから、すぐに作ってボードに張ってくれ」

「はい！　自動改札解放、張り紙用意、了解です！」

佐保が駆け出す。

駅舎が揺れている。階段を踏む足音が、地鳴りのように聞こえる。一・二番線ホームからも、三・四番線ホームからもお客様が上ってきているのだ。

「壮太は窓口の対応だ！　俺は振替輸送について各社と連絡を取る」

「了解です」

壮太は窓口へと飛びつく。

まだまだ、雪の日の戦いは終わらない。

「パンタ上がってる？　パンタ！」

「四、五、六号車全部上がってる！」

「全部？」

「全部！　パンタ異常なしだ！」

「となると架線かァ？」

「架線だ！　指令に状況報告と救援要請を頼む！」

俊平は暗い電車の中で、窓の外を眺めていた。吹雪《ふぶ》いている中を運転士と車掌が声をかけ合い、制帽を飛ばされないように手で押さえて走り回っている。

運転士が踵《きびす》を返し、俊平の乗る一号車の方へと戻ってきた。途中、乗客が声をかける。

「何があったんだ？」

「どうした？」

運転士は走りながら窓の方を見た。拡声器代わりに手を口に当てて、風にかき消されないように大声で叫ぶ。

「停電です！　ただいま車掌がアナウンスしますので、少々お待ちください！　申し訳ありません！」

運転士は運転室に飛び込むと、慌ただしく扉を閉めてから黒い装置を手に取った。どうやら無線装置らしい。走行音の消えた車内で、その声だけが扉越しに不気味に響く。

「こちら列車番号二二三三C、各駅停車松原大塚行き！　運転指令へ、電力喪失のため走行不能、緊急停止しました。パンタグラフに異常なし、架線の問題かと思われます。救援を要請します！」

相手側の声は俊平には聞こえない。運転士の切迫した声だけが聞こえてくる。

「やはり架線切断ですか！　了解です。現在位置は草間駅から約二キロメートル地点」

専門用語はよくわからない。しかし、何かまずいことが起きている、くらいは俊平にもわかる。固唾をのんで、運転士の声を聞く。

「ええ、草間までは山です。でも藤乃沢駅は遠すぎます。歩いては無理ですね、膝まで埋まる積雪ですよ。何ですって？　上下線ともに運行不能なんですか？」

どうやら状況は最悪らしい。車内に暗い空気が満ちる。

「じゃあ、救援はキツイですね。はい。はい。ええ、乗客は六両合わせて三十人ほどかと。確認後、改めて連絡します」

次に運転士は車内電話を手に取った。車掌と何かやり取りをしているらしい。ややあって、車内アナウンスが流れた。

「お客様にお知らせします。先ほど電力を喪失したため、緊急停止いたしました。大雪の影響で夏日駅付近にて架線切断が発生したため、蛍川鉄道は竹ヶ塚駅から吉祥駅区間で全線運行見合わせとなりました。本列車は草間駅から約二キロメートル地点で停止しております」

ざわざわと車内に動揺が広がる。

「本列車の非常電源では非常灯、無線、アナウンスだけが機能します。走行はできません。暖房も消えます。復旧まで、お客様にはこの列車内でお待ちいただくことになります。なお、復旧のめどは今のところ立っておりません」

事務的で、機械的なアナウンスだった。

ふざけるな。復旧まで待てと言いながら、そのめどはついていないだと？　必ず電車を動かすのがお前らの仕事だろう。

この寒い中待たせるだなんて、何を考えているんだ……。

俊平は心の中で苛立つ。

しかし車掌の口調は、少しずつ変化し始めた。

「ただ今より、車掌が車内を回ります。体調の悪いお客様、お怪我《けが》をされたお客様、もしいらっしゃいましたら車掌か運転士に何なりとお申し出ください。車内にはわずかですが防寒具と、携帯トイレがございます」

声は微かに震えている。しかしその中にも冷静さは失われていない。

「時間はかかるかもしれませんが、お客様を目的地まで送り届けるまで、車掌と運転士は最後まで必ずお世話させていただきます。ご迷惑をおかけして申し訳ありません。何か新しい情報が入りましたら、すぐにアナウンスいたします。繰り返します……」

熱意と理性が、その声に同居していた。

運転士は運転室を出て、客車の方に入ってきた。

　一人一人に声をかけて、何事か確認している。前の方に座っていた男性と話して、頭を下げた。女の子と話して、やはり丁重に詫びた。次に俊平のところへと走ってきた。

「ご迷惑おかけして、申し訳ありません。お怪我はありませんでしたか？　体調などは大丈夫でしょうか？」

　運転士は中年の男性であった。名札には「近藤《こんどう》」とある。近藤運転士は制帽を取って頭を下げ、俊平の返答を待った。

「あ、ええ、大丈夫です」

「何かありましたら、遠慮なくお申し付けください」

　そう言って近藤運転士は制帽をかぶると、次の客のところへと走っていく。そこには老夫婦が座っていたが、彼らに対しても近藤運転士は丁寧に謝罪をし、自分の上着を脱いでお婆さんに手渡した。

　俊平はそれを見て心がざわつくのを感じた。

　どんな時でも電車を動かすのが仕事だろ、と思った。毎日同じように電車を動かすだけの、単純でくだらない仕事だとも思っていた。

だが同時に、そこまでするのか、とも感じた。

大雪である。天候は運転士の責任ではないし、鉄道会社が悪いわけでもない。だがそれでもなお、彼らは電車をきちんと動かすことが自分の仕事だと考えている。それができて当然だとすら思っているようだ。

自分が運転士だったらあのように振る舞えるだろうか？

わからなかった。

俊平は鞄を抱いたまま、二号車へと向かう近藤運転士の後ろ姿を見送った。

⚜

停電した藤乃沢駅では、お客さんの対応が一段落し、駅員たちが窓口事務室に集まっていた。

停電から一時間ほどはまさに修羅場《しゅらば》であった。お客さんは、復旧まで駅で粘る人たちと、駅を出てバスなどの振り替え輸送を利用したり、藤乃沢のビジネスホテルなどに宿泊する人たちとに分かれる。前者には駅に備蓄してあるカイロや非常食を配り、後者には案内をする。駅員総出であちこち駆け回り、喋り続けた。

しかしその波が過ぎ去ると、やることが一時的に減った。

電車は動かない。だから何度も雪かきをする必要はなくなる。もちろんお客さんが歩ける程度に雪かきはするが、それだけだ。グリーンベルト等は復旧直前に一気に除雪すればいい。

仕事はたまに見回りをする程度。

静かに復旧を待ち続ける以外、できることがなかった。

時間は着実に過ぎていく。雪は依然として降り止まない。

夜の零時を回った。架線がダメなので、走らせる予定だった霜取り列車も走らない。

雪がこびりついた電線が、風でぐらぐらと揺れていた。

「立ち往生している列車の方は、どうなってるんですかね……」

七曲主任がふと口にする。及川助役が答えた。

「各列車には、最寄駅から救援が向かっているはずだ」

「徒歩で？」

「徒歩だ」

「じゃあ、お客様を安全な場所に運ぶことはできませんね」

「ああ。使い捨てカイロや防寒具を担いで行くくらいが、関の山だ」

「体調を崩す方が出なければいいんですが……」

七曲主任が爪を嚙んだ。及川助役も頷く。

「及川助役、藤乃沢と草間の間では二二三三Cが立ち往生しているんですよね」

佐保が聞いた。

「そうだ。草間駅の方が近いから、草間から救援が向かっているはずだ」

「草間からって、あの区間は山ですよね？」

「そうだ。だが、藤乃沢から向かっても山だ」

壮太は二人の話を聞きながら、草間と藤乃沢を通る線路を思った。一つトンネルを抜けて、木々の中を進んでいく。その先には小さな鉄橋があった。谷と山が連なっていて、いつも風が強い。そこに六両の列車が取り残されている。

おそらく車内の温度はどんどん下がっていると思われた。

何かできないのか。

この雪の中で、鉄道員の自分たちは何かできないのか。

藤乃沢駅の全員が、そう考えていた。

⚜

列車が停止してから二時間が過ぎた。

俊平は震えている。

車内はひどく寒い。壁も手すりも冷え切っていて、触れれば皮膚が張りつきそうだ。ドアや窓の隙間からぴゅうぴゅうと風の音がする。窓には雪がこびりついている。おそらく外に出て車体の方を振り返ったなら、全体に雪が付着した白い塊のように見えるのだろう。

近藤運転士と車掌は定期的に車内を回り、声をかけては乗客の様子を見ている。片方が見回っている間、もう片方が無線で連絡を取っているようだった。

寒い。歯を食いしばっているせいか頭が痛かった。コートを着ているので胴体はまだ平気だが、足の先や指先が冷えて仕方なかった。

お腹が減った。水が飲みたい。

正面の席で中学生くらいの女の子が俯いている。奥の席では男性がぼんやりと携帯電話を見ている。二号車の近くでは老夫婦が肩を寄せ合い、じっと寒さに耐えている。

ふと俊平は鞄の中のでっぱりに気がついた。

そうだ、なぜ忘れていたのだろう……。

鞄を開くと、包みに入った不格好な塊が現れる。

家を出る時に母親がくれた包みである。開くとタッパーの中に餃子《ギョーザ》がいくつかとオニギリが三つ、入っていた。それを見て俊平の視界が滲んだ。

「荷物になるだけだから、いらないってば」

自分の口から出た言葉が。

「いいから。食べないなら、そのまま捨てちゃってもいいから」

母親の口から出た言葉が。

頭の中で交錯する。

餃子は俊平の大好物だった。母親はきっと、俊平を元気づけようと思って昼から餃子をこしらえて待っていたのだろう。なのに俊平は食べようともしなかった。それどころか嘘をついて家を出て、いつまでも帰らない。母親はそんな俊平にオニギリを包んで渡し、捨ててしまっていいとまで言った。

白髪まじりの母親の頭が浮かんだ。就職して働いている姉の顔が浮かんだ。

いつも疲れた顔の父親が、とっくに死んだ祖父の顔が、小うるさい祖母の姿が、次に浮かんだ。

突然、俊平の中で何かが弾けた。

就活を始めてからずっと、心の中で堆積し続けていた黒い思い。粘性を持ったそれは積み重なり、やがて凝固して胸を押さえ付けていた。そこにふいにヒビが入り、割れたかと思った瞬間に空中にかき消えていく気がした。

才能だとか、やりがいだとか、どうでもいい。

人に愛を注げる人間になりたい。

母親のように……。

俊平は包みを手に、立ち上がった。

そしてゆっくりと女の子に近づいて、餃子とオニギリを差し出した。

塾帰りだろうか。大きなバッグを背負った女の子は理知的な顔をしている。しかしあまり具合が良くなさそうだ。両手で腹を押さえ、顔色は青ざめていた。俊平を見上げる目には、力がない。

「あの……お腹減ってたりしませんか。もし良かったら、食べませんか。母親がくれた弁当です」

女の子はしばし不思議そうな顔をした。タッパーと俊平の顔を交互に二、三回見る。俊平はできるだけ優しい顔で微笑みかけた。彼女に渡したら、車内を回ってみんなにも配ろう。あの老夫婦にも、男性にも渡そう。

そう思っていた。

女の子は口を動かした。小さな声だったが、「ありがとうございます」と言ったようだった。そして手をゆっくりと伸ばし、何かを伝えようとした。

俊平は一つ頷いた。

その時、女の子の手が落ちた。タッパーに手が当たり、オニギリと一緒に床に転がる。女の子はそのまま座席から崩れ落ちるように、俊平の方に倒れ込んできた。

俊平は慌ててその体を支える。女の子は目を閉じ、俊平に体重を預けていた。荒い吐息。触れて気づく。ひどい高熱だった。

「運転士さんッ！」

俊平は叫んだ。

⚜

藤乃沢駅の鉄道電話が鳴った。

壮太がそれを取って応答する。

「はい、こちら藤乃沢駅、夏目です」

「こちら運転指令の吉川《よしかわ》です。駅長に代わってください」

「少々お待ちください。助役に代わります」

「あ、助役ではなく駅長に……じゃない。藤乃沢には駅長はいませんでしたね。失礼しました。責任者に代わっていただければと思います」

「了解です」

壮太は用件を伝えてから、及川助役に取り次ぐ。

「はい、及川です」

「藤乃沢駅の状況を知らせてください」

壮太たちは電話をする及川助役をじっと見つめている。

「駅構内にお客様は五十人ほど、特にトラブルは起きていません。積雪は三十センチを超えました」

「三十センチですか……」

指令員の吉川は、口ごもった。

「何か起きましたか？」

及川助役が聞く。

「ええ……草間駅から二キロメートル地点で立ち往生している列車番号二一三三C内で、急病人が発生しました」

「急病人ですって？」

「はい。運転士からの連絡では、腹を押さえて痛がっているそうです。高熱もあるとのこと。おそらく急性盲腸炎などかと……至急病院に搬送する必要があります」

「草間駅からの救援隊は？」

「すでに向かっていますが、倒木と積雪のために難航しているようなんです。藤乃沢駅から向かえないかと思って連絡したのですが、積雪三十センチでは、草間側と状況はあまり変わりませんね」

及川助役は悔しそうに顔を歪めた。歯ぎしりの音がした。

しかし全ての感情を飲み込んで、及川助役は答えた。

「……そうですね」

「では、こちらで対策を協議します。ありがとうございました」

電話が切れる。

「……こんな時に動かないなんて！」

七曲主任が吐き捨てた。

「何のための鉄道だよ！　クソッ」

気持ちは佐保も、翔も、及川助役も同じであった。駅長も俯いて何か考え込んでいた。

「人を病院に、家に、会社に……送り届けるためにあるんだ、電車は……。なのにその中で閉じ込められるなんてよぉ！」

壮太だけが、ずっと顎に手を当てて考え込んでいる。

「及川助役、こうなったら直接歩いて行きましょうよ、俺は行けますよ！」

「待て、七曲。二二三三Cまで辿《たど》りついたとしても、そこから急病人を担いで雪の中を戻らなければならない。その間、お客様の体力がもたない……」

「だけど、何もしないわけにはいかんでしょう」

「だが架線が復旧しない限り、方法がない」

「いっそ、列車を手で押して行くのはどうですか？　俺ら、やれますよ！」

七曲主任はほとんどヤケになっていた。及川助役が冷静に反論する。

「何を言ってるんだ、そんなことできるわけが……」

その時、壮太がぽんと手を打った。全員の目がそこに集まる。

「いいこと、思いつきました」

壮太がそう言って微笑んだ。

「助けに行けるかもしれません」


「はーい、こちら竹ヶ塚車掌区」

鳴り響いた電話を取り、恵美は応答した。

「こちら藤乃沢の夏目です」

「あれ、壮太じゃん。こちら恵美だよ」

「恵美、今暇なの？」

　恵美はきょとんとする。

「うん、まあ……乗る予定だった霜取り列車が架線切断で動けなくなったから、待機中って感じ」

　壮太の声が明るくなった。

「そうか、霜取り列車が運休になったんだったね。ということは運転士も一人、空いてるわけだ」

「運転区に問い合わせないと確実なことは言えないけど、たぶんそうなんじゃない？」

「よし。じゃあその確認もすぐにするよ。ちょっと待ってね、今うちの助役が指令に許可をお願いしているところだから」

「え？　何するつもりなの？」

「立ち往生している列車に、救援車両を送るんだ。恵美にそれに乗ってもらえないかと思って」

「救援車両？　どうやってさ。電気、ないんだよ」

「また連絡するよ」

「ちょっと、ちゃんと説明してよ！」

恵美が叫んだ時にはもう電話は切れていた。

「もう！」

恵美は受話器を叩きつける。何事かと指導担当がこちらを見ている。

「あ、いえ、何でもありません……」

笑ってごまかしながら恵美は外を見た。車掌区の電気は消え、やはり非常灯しかついていない。まだ電気は復旧していない。この状態でどうやって救援車両を動かすのか。

「壮太の奴、何考えてんだろ」

恵美は呟いた。


「ELを動かす、ですって？」

若い運転指令員、吉川は受話器に向かって叫んだ。

指令室のコンソール上では、あちこちで電車が立ち往生している。ダイヤグラムは何重にも書き直され、真っ赤になっている。それを見ながら、電話に叫ぶ。

「運行見合わせして、すでに二時間がたっています。おわかりでしょうが、電車の走らない線路の上には雪が積もっているはずです。その中を走らせると？」

「はい。電気機関車なら、通常の電車よりもパワーがあります。雪をかき分けて進めるはずです」

電話相手の及川助役は、熱弁していた。

「では動力は？　架線復旧にはまだ四時間はかかりますよ？」

「隣の竹ヶ塚車両基地に、電源車があるんですよ。つまりは蓄電池を積んだ車両です。こいつなら架線は関係ありません。電源車と機関車、それに客車を一台だけつけて、藤乃沢から走らせるんです。そう長く走ることはできませんが、二二三三Cまでなら十分です」

「なるほど……」

「許可をお願いします！」

「ちょっと待ってください、検討後に改めて連絡します」

吉川指令員は受話器を置き、背後の指令長を振り返った。

「どうします？　異例の措置になりますが」

「電気機関車なんて、貨物で使うやつだろう？　すぐ用意できるのか？」

浮き上がった喉仏を揺らして指令長が言う。

これには別の指令員が答えた。

「竹ヶ塚車両基地の検修区長からは確認をもらっています。指示さえあれば、ピッカピカのをすぐにでも出せると」

「電源車は？」

「これも問題ないそうです。動作確認はすでに終了しているそうです」

「もう確認が終わっている？」

指令長が首を傾げる。

「どうやら藤乃沢駅が気をきかせて、先に確認依頼をしたようです」

「おいおい、飛び越し連絡じゃないか……」

呆れたように指令長がため息をつく。しかし口は笑っている。

「車掌と運転士の手配はできるのか」

「はい。九〇〇二Cの二人を充てるそうです。深夜に走行を予定していた霜取り列車ですね」

「となると、お膳立てはそろったわけだな。よろしい」

指令長が頷いた。

「許可を出す。臨時ダイヤを引け。同時に各駅、各列車に連絡！」

「了解です」

「お客様を、駅まで送り届けるんだ！」

指令員が一斉に電話とデスクに取りついた。


竹ヶ塚車両基地に入り、車両を見た恵美はその姿に驚いた。

いつもの電車とは全く違うその威容。赤を基調としてペイントされ、車体は角ばっている。ごつい車輪が見え、後ろ半分には窓がない。

ＥＬ……エレクトリック・ロコモーティヴ。

電気機関車だ。

いわゆる電車では各車両に機関……モーターが据え付けられている。六両編成なら六両がみな、電気をもらって車輪を回転させるわけだ。

一方電気機関車は、推進力を持たない客車を動かすために作られた車両である。六両編成だろうと十両編成だろうと、その全てを一両で引っ張っていく。その馬力は電車とは比べ物にならない。

電気機関車の後ろに連結している電源車は、もっと異様な姿だった。ほとんど窓がなく、のっぺらぼう。両端にほんの小さな窓が据え付けられているだけ。白く塗られた中に赤のラインが走っている。その中には巨大な蓄電池が配線されて、いくつも並んでいるのだろう。

脇では発電機が唸り、巨大なライトがともっている。その光の中で何人かの整備員が作業している。機械油まみれになりながら駆け回っている。最終チェックをしているようだ。

「おたくが橋野恵美さん？」

長身の男性が一人、手を挙げて近づいてきた。制服を着ている。

「あ、はい」

「俺、運転士の平塚琢磨《ひらつかたくま》。恵美さんもいきなりコレに乗れって言われたの？」

「そうです」

「ハハハ、びっくりだよね。でも安心して。俺、コイツの運転経験あるし。恵美さんはいつもと同じように、そこで安全確認してくれればいいから」

平塚運転士が親指で示した先には、見慣れた客車があった。

最後尾に連結されているのは、普段と同じ車掌室がついた車両だ。恵美は少し安心し、ほっと胸をなでおろした。

「確認終了です。いつでも行けますよ」

整備員の一人が平塚に声をかけた。

平塚は一つ頷く。

「パンタグラフを下ろして走るってのは、何だか妙な気分だね」

そう言って運転室へと駆けていく。恵美も臨時ダイヤの行路表を手に、車掌室へと乗り込んだ。

車掌室の景色はいつもと変わらない。しかし車内アナウンスもせず、乗降確認も行わない。車内電話がかかってきた。それに出ると、平塚の声がした。

「行くよ。よろしくね」

「はい」

恵美も頷く。体が少し震えるのを感じた。武者震いだろうか。

助けに行くのだ。お客様を……というよりは同じ人間として、仲間を助けに行く。

そんな気持ちだった。

間に合いますように。

恵美は心の中で念じた。仕事が面倒だとか、そんな気持ちは吹き飛んでいた。

整備員たちが線路の脇から車両を見守っている。恵美と平塚運転士に、真剣な顔を向けている。

——頼むぞ。

そんな声が聞こえた気がした。

車両基地の転轍機が動き、信号が青に変わった。

平塚運転士が信号を指さし、運転台のレバーを摑んで言った。

「出発進行」

「しっかりするんだ！」

俊平は何度も何度も、女の子に呼びかけていた。

車内に一つだけあった毛布と、乗客たちから少しずつ集めた上着で作った簡易的なベッド。その上で女の子は脂汗を流し、苦悶《くもん》に顔を歪めている。

彼女の周りで見守っている人間は俊平だけではない。老夫婦はかわるがわる女の子の額に手を当てては、雪で作った氷枕をそっと載せる。ＯＬ風の女性は持っていたカイロをもんでは、簡易ベッドの中に入れる。

他の車両からやってきた乗客たちも、固唾をのんで女の子を見守っている。

しかし乗客の中に医療関係者はいなかった。これ以上は何もできない。

「まだ、救援はこないのかよ！」

誰かがたまらず叫んだ。

シャツ姿の車掌が拳を握りしめ、何も言えぬまま女の子を見つめていた。

「しっかり。しっかり……」

俊平は女の子の手を握ってやる。汗だくで、熱かった。

「了解です。わかりました」

運転室で通信していた運転士が、無線機を置いた。そして扉を開けて叫んだ。

「救援車両が来ます！」

車内にどよめきが広がる。

「来る列車はＥＬと言って、電気機関車です。それに電源車をくっつけて藤乃沢駅から連れてきます」

「じゃあ、助かるってことだな！」

運転士が頷いた。歓声が上がる。

「聞いたかい？　もう少しだよ！」

俊平は女の子に呼びかけた。聞こえているのかいないのか、女の子は微かに首を縦に動かした。

「ですので、もうしばらくお待ちください！　車内には出ないようにお願いします」

運転士はそこまで言ってから、車掌に近づいて何事か耳打ちした。車掌が頷く。そして二人はドアを手動で開けると、車外へと出て行った。

俊平はドアが閉まるのを呆然と見守っていた。

彼らはどこに行くのだろう。救援車両が来るのなら、ここで待っていればいいのに。

ふとそんなことを思い、俊平は立ち上がる。女の子を他の人に任せ、窓の方へと近づいて外を見た。


「ダメだ！　空転してる！」

平塚運転士が電気機関車の運転室で叫んだ。恵美は車内電話で言う。

「バックしてもう一度進んでみては？」

「やってみる」

わずかに後進してから、もう一度前進する。が、うまくいかない。電気機関車は数メートルほどは進むが、すぐに雪に埋まって動かなくなってしまう。ライトは白い雪ばかりを照らし出している。

パワーに勝る電気機関車でも、降り積もった雪には勝てない。

竹ヶ塚車両基地を出て、ほんの二百メートルほど走っただけでこれだ。前方には微かに藤乃沢駅が見える。普段だったら飛ぶように到着してしまうのに、白い氷塊に阻《はば》まれ、駅舎はあまりにも遠い。

電気機関車のモーターが唸りをあげる。配線を莫大な電気が流れ、コイルを猛烈に回転させる。その音は次第にヒステリックな高音になっていく。しかしそれでも列車は進まない。雪の抵抗が思った以上に大きい。

こんなことではいつまでたっても助けに行けない。このまま時間を浪費すれば、充電が切れてしまう……。

「かき分けられない！　積もった雪が多すぎるんだ！」

「指令に連絡します」

「頼む！　俺はもう一度やってみる」

恵美は無線のスイッチへと手を伸ばした。

その時、視界を光が走るのが見えた。懐中電灯の光だ。しかしここは線路上である。誰が懐中電灯を向けているのだろうか？

恵美は車掌室の窓を開け、前方を見た。間違いない。懐中電灯を持った何人かが、電車の前にいる。イタズラだろうか。誰か、線路の上で遊んでいるのかもしれない。

そんなところにいたら危ない……。

ふと、一人の顔が見えた。恵美は思わず叫んでいた。

「壮太ッ？」

あった。

「さあ、掘れ――――ッ！」

七曲主任が叫ぶ。突撃ィ！　などと叫んでいても違和感のないような、野太い声で
あった。

「うおおお――――ッ！」

翔がやけくそ気味に吠えながら、スコップで雪をかき分けている。

「き、君たちは？」

運転室から顔を出した平塚運転士に、壮太が答える。

「藤乃沢駅の者です」

「どうしてここに？」

「除雪が必要でしょう？　電気機関車といえども、これだけ積もっていたらそう簡単
には動けないと思いまして」

平塚運転士が呆れたように笑った。

「今まさにそれを、お願いしようと思っていたところだったよ」

「それは良かったです。少し、お待ちください。道を切り開きます」

壮太はスコップを掲げてみせた。

「あー、こりゃきっつい！　きっつい！」

数メートル前方で、翔が泣き笑いのような声を出している。

「泣き言いうな、雪を掘れ！」

七曲主任が檄《げき》を飛ばす。

「おっす！　やったりますとも！」

「完全に雪をなくす必要はないんだからな、数センチくらいにまで減らせば後は電気機関車がつっきってくれる！　おらおら、急げ！」

平塚運転士が苦笑する。

「……君のとこの駅員は、みんな元気だね」

「そうですね」

「除雪……ここだけじゃすまないけど、それはわかってるのかな？」

「もちろんですよ」

壮太は頷く。

線路上の除雪は、電気機関車が通る範囲全てで行われなくてはならない。すなわち竹ヶ塚車両基地から藤乃沢駅を経由し、トンネルを通って立ち往生している列車までだ。その総距離数は三キロほどになるだろうか。

「藤乃沢駅の竹ヶ塚側は、僕と翔さん、七曲主任で除雪します。草間側は、今頃及川助役が頑張って進めていてくれるはずです」

「ちょっと待て、藤乃沢には今、助役しかいないのか？」

「佐保さんが窓口にいます。ただ、除雪に当たっている駅員は及川助役だけですね」

「一人でなんて無茶だ！　その助役、死んじまうぞ！」

「大丈夫です。むしろ、あっちの方が除雪の進みがいいくらいですから……」

「な、何……？」

平塚運転士は困惑する。

説明はこの辺で、とばかりに壮太は腕まくりをした。そしてスコップを振り上げる。

「急げ、急げェ！」

そして七曲主任や翔と一緒に、猛烈に雪をすくいあげ始めた。

停止した列車から出て行った近藤運転士と車掌は、どこに行ったのか。

俊平は窓からあたりを探したが、見当たらない。ただ風の中で雪を踏む音が聞こえてくる。何が起きているのだろう。


車両から出るな、とは言われていた。しかし俊平は我慢できず、一号車最奥のドアへと歩み寄る。そこの手動レバーをぐいと押してドアを開け、外に出た。

猛烈な風雪が俊平の顔を叩く。

一瞬目を閉じる。手をかざしながら薄目を開き、俊平は進む。靴がずぶずぶと沈んだ。積雪は深い。防水加工のされていない革靴の中に、あっという間に冷たい水が浸入してきた。

その時、近藤運転士と車掌の姿が見えた。

「な、何やってるんですか？」

俊平は聞く。近藤運転士が手を休めずに振り向いた。

「お客様、どうされました？」

二人はいかにも間に合わせの小さなスコップを持ち、線路上の雪を掘っていた。藤乃沢側に向けて、除雪をしているのだ。

「この雪の中で！　そんな小さなスコップで除雪なんて！」

雪は次から次へと地面に降りかかる。その量に比して、スコップでの除雪効率はいかにも悪い。だが、二人は歯を食いしばり、白い息を吐きながら一心不乱に雪をかき出している。尋常ではない速度だ。その顔は真っ赤になっていた。

「必要なのです。電気機関車とはいえ、雪をかき分けるには時間がかかるんです、少しでも線路の雪を減らしておかなくてはならないのです！」

近藤運転士も車掌も、上着を乗客に貸してしまったから、シャツ姿だ。動いているから寒くないのだろうか。それにしたって、見ている方が心配になる。

「どうして、どうして……」

俊平は立ちすくんだ。二本のレールの右側、左側をそれぞれ担当して電気機関車のための道を作っていく鉄道員を、ただ見つめた。

「どうして」

二人は今日も朝から仕事をしていたはずだ。ダイヤは乱れていた。休憩時間はなく、不眠不休だろう。疲労はたまっていて、食事も満足に取れていないはずである。

俊平たちは確かに雪の中で閉じ込められてしまった乗客だ。被害者と言ってもいい。だが、それを言うなら彼ら鉄道員だって被害者のはずだった。閉じ込められた人間のはずだった。

なのに。

近藤運転士が雪の中にスコップを突っ込む。両手でぐいと引いて、背後に雪を放り出す。車掌が大きな雪の塊を手のひらで摑んで、持ち上げて投げる。手袋はしているものの、防寒用ではない。ラッシュ時に乗客を車内に押し込む時に、手が挟まれないようにするための白手袋だ。指は凍えるほど冷えていることだろう。

だが、俊平は見た。

確かに近藤運転士が笑っているのを。

「どうしてそこまでするんですか……」

「はい？」

近藤運転士が振り向いた。

「どうしてそこまで、するんですか！」

近藤運転士は少し驚いたようだった。それから車掌と目を合わせて、もう一度俊平を見た。

「これが、我々の原点なんですよ」

白と黒。闇中、花びらのように乱れ散る雪を背景に、二人は笑っていた。

⚜

壮太たちの頑張りによって、電気機関車は動き出した。雪が完全になくなったわけではないが、残りは電気機関車の馬力でかき分けていく。

さすがは機関車だ。みるみるうちに藤乃沢駅が近づいてくる。

「いいぞ、いいぞ！」

「進軍だー！　いけえ！」

客車に乗せてもらった七曲主任と翔が、はしゃいでいる。

「やっぱり男の子って、機関車とか好きなわけ？」

車掌室で恵美が言った。壮太はその脇のドア前で頬をかく。

「人によると思うけどね」

客車はあまり揺れなかった。電気機関車が全ての動力を担当しているので、客車の乗り心地がよくなるのかもしれない。お客さんが誰もいない列車の中で壮太は外を眺めた。

「あ、そろそろホーム確認しなきゃ」

恵美が車掌室の窓を開き、顔を出す。水滴が襲いくる中、目を細めて前方を見据えた。そして息を呑んだ。

「えっ……除雪されてる」

藤乃沢駅の線路は、すでに除雪が終わっていた。さらに前方、五百メートルほど先に人ごみが見える。何人かの男性が雪かきをしている。草間方面に向けて、電気機関車の道を開いているのだ。ほとんどは駅員の制服を着ていない。

「お客様が、手伝ってくれてるんだ」

壮太が言った。恵美は目を丸くした。男性たちがこちらを振り返った。

そして恵美に、平塚運転士に、手を振った。

「お客様、慣れてらっしゃいますね」

及川助役が息を荒くしながら言う。隣でスコップを振るう大柄な男は、ハチマキの上を拭って笑った。

「俺はこれでも雪国の出身でな！」

「さすがですね」

負けてられない、と及川助役は競うようにして腕を動かした。反対側、バケツで雪を掘っている男も凄かった。がりがりに細いのに腕力が尋常ではない。リズミカルに全身を使って雪を取り出しては、みるみるうちに進路を切り開いていく。目の上に傷があった。ひょっとしたらプロボクサーかもしれない。

「お湯、どんどん持ってきて！　足りねえぞ！」

ドスの利いた声で誰かが叫んだ。及川助役が振り返ると、汗だくの茶髪の男が女性たちに指示を出しているところだった。体力に余裕のある女性には、駅舎の浴室からお湯をバケツリレーしてもらっている。それを凍りついた雪にかけて溶かしては、また掘っていく。

たくさん沸かしておいて良かった、と及川助役は思った。

「あっ！　ごめんなさい！」

声がした。見ると、茶髪の男の上半身がずぶ濡れになっていた。ホームの方では一人の女の子が謝っている。どうやら手元が狂ってお湯をかけてしまったらしい。

いかにも強面な男が怒り出すかと思いきや、困ったように自分の体を見た。

「いや、いいんだけどよ。どうせ汗だくだから、脱ごうと思ってたんだけどよ……だけどよ……」

「何ぼそぼそ言っとんのじゃ、はよ脱ぎや！」

ハチマキ男に促されて、茶髪男は仕方ない、とばかりに上衣を脱いだ。

及川助役は息を呑む。

見事な錦鯉《にしきごい》が、男の背中に泳いでいた。

「おう、兄ちゃん立派なもん背負ってんのう！」

ハチマキ男が豪快に笑った。

「ったくよ、見せるつもりはねえのによ。まあこれで動きやすくなった、ほら急げ！」

少しだけ照れくさそうにして、茶髪男はスコップを再び手に取った。

「ありがとうございます」

及川助役は礼を言う。何度礼を言って回っているか、わからない。

「気にするなよ、駅員さん！　困ったときはお互い様だ！」

みんながそう言った。

大工か何かだろうか、大柄なハチマキ男も。錦鯉を背負った男も。眼鏡をかけた若いサラリーマンも、くたびれたネクタイを締めた初老の男も。主婦らしき中年女性も、女子高生も、ＯＬも、キャバクラ嬢らしき化粧をした女性も。今は全員が駅員だった。鉄道を動かそうとしていた。

及川助役の身は震えた。

これが原点だ、と思った。

何もなかった草っ原に鉄の道を引いて、車を動かそうとした人々がいたのだ。風のように速い移動手段。あっという間に友達に会いに行ける。大いなる時間の短縮。旅行、仕事、生活が変わる。世界が変わる。

人類は、鉄道を夢見ていた。

今でこそ日本の鉄道は高度にシステム化されている。アナウンスは半自動だし、非常ブレーキも自動でかかる。自動運転装置だって実用化されている。もはや人など必要ない、そんな気さえする。

だが、それは違うのだ。

鉄道の原点は今も昔も人。一人一人の手で、足で、作り上げてきたものだ。山を掘って平らにし、砂利を撒き、枕木を並べてレールを敷いた。鉄を重ねて車体を作り、石を並べてホームを建てた。信号は手旗だった。故障が起きれば手で押して、雪が降ればスコップを振るった。

鉄道会社が提供し、お客様が使うのではない。

人類が夢見た鉄道が、その夢に後押しされて動いているのだ。

だから鉄道は、止まってはならない――

電気機関車が藤乃沢駅に入ってくるのが見えた。

あとひと踏ん張りだ。及川助役は額の汗を拭った。

電気機関車は藤乃沢駅で一旦停止し、救援物資を積み込む。食料に防寒具。それから予《あらかじ》め呼ばれていた医師が看護師を伴って客車に乗り込んだ。

救助の準備は整った。

「及川助役から伝言！　壮太は電気機関車に残って、現地への案内とお客様説明を担当しろって！」

ホームには佐保と駅長がいて、見送ってくれている。

「佐保さん、了解しました！」

壮太は救援物資を車内に並べながら答えた。七曲主任と翔は一旦降りて、除雪の手伝いに加わる。藤乃沢駅にいるお客さんたちに手を振られながら、電気機関車は出発前の確認に入っていた。

「あれ、駅長？」

ふと壮太がホームを見ると、駅長が壮太を案ずる顔でこちらを見ていた。俺も行こうか？　という目だった。

「そうですね！　行きましょう、駅長！」

壮太は言った。駅長は一つ頷くと、出発寸前の列車に慌てて乗り込んだ。駅長なのに駆け込み乗車とは、けしからん話ではある。が、この際やむを得ない。

小柄な駅長は腹を揺らしながらも機敏な動きを見せ、車内でターンして窓の方を見た。そして佐保やお客さんたちに目を向けている。華麗ではあったが、彼は一つミスをした。途中でその制帽を落としてしまったのだ。

佐保が苦笑しながらそれを拾う。

「駅長、お帽子はちゃんと預かってますから」

駅長はこくりと頷く。

「安心して、行ってきてください。頼みましたよ」

⚜

俊平はぜえぜえと息をしながら、腕を動かしていた。雪を掘り、かき出し、線路を露出させていく。

「大丈夫ですか？」

近藤運転士が時折、俊平を見て確認する。

「ええ！」

元気よく答える。なぜかはわからないが、体から力が湧《わ》いてくる。

車掌は一旦列車に戻っていた。指令と通信をするとのこと。しかし除雪する人数は増えていた。加わったのは俊平だけではない。乗客のうち体力の残っている者が次々に参加し、六名で雪かきを進めていた。

少しずつ、雪は弱まってきていた。視界が晴れ、ライトを反射した雪がきらきらと輝いている。どうやら藤乃沢駅側からも、こちらに向かって除雪しつつ電気機関車が進んでいるらしい。もうすぐだ。もうすぐ、やってくる。女の子は助かる。俊平が一つ雪を取り除くたびに、その未来が近づいてくる。

鉄道が動くのは当たり前だと思っていた。太陽が毎日昇るように、当然のことだった。だからこそ、止まってしまえばいいと思った時もあった。しかし止まった今は、何としても動かしたい。

俊平は感じていた。

これが、鉄道マンの気持ちか。毎日、同じように、何事もなく電車が動くことを願う気持ちか。それは怠惰ではなかった。情熱だったのだ。

「あっ、来ました！」

近藤運転士が声を上げた。下ばかり見ていた男たちが、顔を上げる。そして歓声が上がった。レールが振動している。力強い駆動音。やがて日の出のように、ライトが闇を切り裂いて現れた。

俊平にも見えた。

雄々《おお》しい車体が、こちらに向かってくるのが。

待たせたな、と言うように警笛が鳴った。

⚜

「最高の仕事だよな」

お客様を乗せて遠ざかっていく電気機関車を眺めながら、近藤運転士と車掌は腰に手を当てて笑っていた。

女の子はやはり急性盲腸炎だったようだ。一刻を争う状況には違いないが、何とか手当ては間に合うだろうと、医師は言っていた。

「お疲れ様でした」

壮太が魔法瓶から紙コップに温かいお茶を注ぎ、近藤運転士に手渡した。

「お、ありがとう。君は藤乃沢駅の人？」

「ええ、夏目と申します」

壮太は車掌の分も注ぎながら言う。

「そちらこそ、お疲れ様」

お茶を受け取った近藤運転士は、今度は壮太に魔法瓶を向けた。ありがたく壮太はお茶を注いでもらう。三人は指令より、現場での待機を命じられていた。数人のお客さんも復旧まで待ちたいと言い、立ち往生したままの列車に残っている。

空がうっすらと明るくなってきていた。夜明けが近い。

「今回は、お客様に助けられちゃったな」

近藤運転士は恥ずかしそうに言った。鉄道が地域住民に支えられているのは事実だが、やはり鉄道員だけできちんと電車を動かしたいものだった。

「そんな時もありますよ。助けられた分、またお返ししていきましょう」

「夏目君だっけ。君、若いのにずいぶん腰の据わったこと言うねえ」

「ジジくさい性格だとは、よく言われます」

車掌が笑った。

ふと、壮太は横に男性が近づいてきているのに気づいた。リクルートスーツを着た、若い男性だ。大学生くらいに見える。雪かきをし続けたのだろう、髪は乱れ、靴やズボンはびしゃびしゃだった。先ほど壮太が振る舞ったお茶の紙コップを持っている。

「あの……僕、藤田俊平と申しますが」

俊平はおずおずと、壮太に話しかけた。

「あ、はい。どうもご協力ありがとうございました。お茶のお代わりでしょうか？」

壮太が魔法瓶に手を伸ばすが、俊平は首を横に振った。

「いえ。夏目さんは、藤乃沢駅の方なんですよね」

「そうですよ」

「ちょっとお伺いしたいのですが、その、藤乃沢に駅長って……」

「ああ、うちの駅長ですか。連れてきましたよ」

壮太はこともなげに言う。

「ええっ？　やっぱりいらっしゃるんですか？」

俊平はおおげさに驚いている。壮太は不思議そうに首を傾げた。

「はい？　いますよ。今、他のお客様を温めてくれています」

「温めてる？　あ、カイロを用意してくれてるんですね」

「まあ天然カイロみたいなものではありますね。駅長は温めるのが上手なんですよ。あとはお客様の心をなだめるのも大得意です。ま、それ以外の業務には期待できませんが……あ、出てきた。駅長、駅長、お客様がお呼びですよ」

壮太が列車の方を見て手を挙げ、声をかけた。

俊平も同じ方向に目をやる。

客の一人が顔をほころばせ、手に何か抱えて外に出てきたところだった。その抱えられたものは、壮太に呼ばれてぱっと飛び上がると、転がるようにして俊平の方に走ってきた。そしてぴょんと飛び上がり、俊平の腕の中に納まった。

俊平は啞然とする。

「ね、猫……？」

茶色いふわふわの毛並、やや太り気味のお腹、ちょっと威厳のある顔つきに丸い目、そしてぴんと立った立派な髭。柔らかい肉球を押し当てるようにして、俊平を見上げていた。温かい。

壮太が微笑んでいる。

「藤乃沢駅は草間駅長の管轄なんです。なので、人間の駅長はいません。ですが彼は、いつの間にか駅舎に住みついてしまいましてね。なかなか愛嬌《あいきょう》もあるもので、じゃあ正式に駅長扱いにしてしまおうということになったのです」

「せ、正式にって……」

「ええ、お客様への宣伝効果も期待できますからね。こう見えて、専用に作られた制帽も持っているんですよ。月給はキャットフード一か月分、週に一度ボーナスでオヤツが出ます」

俊平も思わず笑ってしまった。

確かに、猫やら犬やらインコやらを客寄せのために駅長にしたという話は何度か聞いたことがある。しかし自分の最寄駅もそうだったとは。どうりで話が食い違っていたわけだ。

何度も藤乃沢駅を使っていたくせに、そんなことにも気づいていなかったなんて。いかに就活で疲れていたとはいえ、自分は鉄道の何も見ていなかったんだな。俊平はそう思った。

駅長は俊平を見て一つ、にゃあと鳴いた。

そしてひょいと身を翻して雪の上に降りる。とっとっと歩くと、雪の上に小さな足跡がついた。いつもと違う地面に、少し落ち着かなそうに足元を見る。それから線路の上に乗ると、きょろきょろと周囲を見渡した。

「たぶん、安全確認をしているのだと思います」

壮太が冗談めかして言った。

「賢い猫ですね」

俊平も乗っかる。

「ええ。本当に駅員として働いているように思える時もありますよ」

ぐっと伸びをする駅長を、近藤運転士も目を細めて眺めていた。

「夏目さん」

俊平が言う。壮太をまっすぐに見ていた。

「はい？」

「あの。駅員って、僕もなれるでしょうか……」

どこか不安そうな俊平の声。

「大丈夫ですよ」

　壮太は頷く。

「猫だって、立派に駅長をつとめてますから」

　俊平は視線を落とした。

　駅長が俊平を見つめていた。睨みつけるような、品定めするような目であった。しばらくそうしてから、ふと駅長は視線を逸らしてあくびをした。鋭い牙と、細長い舌が見えた。

　朝日に雪が輝いていた。

エピローグ　藤田俊平と、家族たち

藤田家の食卓には、ご馳走が並んでいた。

俊平の大好物である餃子はもちろん、祖母の得意料理である鶏のニンニク揚げ、きんぴらごぼう、色とりどりの刺身、高野豆腐の煮物、カニクリームコロッケに散らし寿司。

「盆と正月がいっぺんに来た、ってやつだな」

父親がビールの缶を冷蔵庫から取り出しては積んでいく。

「なんたって俊平の就職祝いだ。派手にやらないとね」

姉も今日は仕事を早く切り上げて、実家に戻ってきていた。リボンの巻かれたワインの瓶は、姉のプレゼントである。

俊平はどこか照れくさい気分で、真ん中の席に座っていた。

「母さん、初任給出たら、今度は俺がご馳走するから」

「そりゃ嬉しいね。期待してるわ」

母親は台所でサラダをこしらえながら笑った。

襖が開く。祖母が隣の和室から入ってきた。手には日本酒の瓶を持っている。姉が聞いた。

「じいちゃんの遺影にお酒、あげてきたの?」

祖母は頷く。

「まあ、今日は特別じゃ。あのジジイもたまにはいい酒飲みたいじゃろ」

そう言ってニカッと笑う。それからゆっくりと台所に入ると、皿に揚げ物をどっさり盛ってやってきた。大葉の香りがする。姉が驚いて声を上げる。

「ばあちゃん、凄い! 何これ? 新メニュー?」

「海老しんじょさ。駅員の兄ちゃんに教えてもらったんじゃよ」

「あはは、面白い! そうかばあちゃん、よく野菜持ってってるもんね」

「あそこの駅員にはジジイの幽霊で世話になったからなァ。な、雅子さん?」

「ま、そうですね」

「ジジイの幽霊……？」

姉が首を傾げる。

「ま、まあ気にしないで。色々あったの」

母親が照れくさそうに頷いた。

俊平はその声を聞いて、ほっと息をつく。

優しい母親の声だった。いや、祖母も明るくなっている。俊平の就活のせいで澱んでいた家の空気が、すっかり元に戻っていた。一時は母親は祖母と喧嘩ばかりしていた。俊平も二人を避け、顔を合わせればしょっちゅう口論をしていた。力任せに床を蹴ったこともある。でも過ぎ去ってみれば、あの暗い期間はほんの一瞬のことであったように思える。

家族なのだ。衝突してもまた元に戻り、そしてまた一緒に歩んでいく。

「私もこないだ、駅員さんには助けてもらったなあ」

姉がおつまみのチーズクラッカーを作りながらぼそりと言う。

「へえ、亜矢子もかい。仕事で？」

祖母が目を丸くした。

「まあね」

「お前、マンガの編集者だろ？　何かトラブルでも起こしたんか？」

「いやあ、うん……ちょっと編集長と喧嘩、いや違うな、意地はっちゃったというか。ま、もう解決してるから大丈夫だよ。それに社外秘の内容だから、言えないし」

「何言ってんだ、俊平はもう蛍川鉄道の一員じゃ。隠すこともないじゃろ」

「そういうわけにはいかないよ……でも俊平、就職決まって本当に良かったね」

姉は巧みに話を逸らした。祖母も続けた。

「結局、ジジイと同じ会社に入るとはの。ジジイも今頃笑っちょるぞ」

俊平は頷く。

「じいちゃんも、夏目さんも、俺の先輩ってわけだね。頑張らないと」

「うん、しっかり働くんだぞ。でもお前なら大丈夫だ。心配いらない」

父親が俊平を見て言った。優しい目だった。

「鉄道はいい仕事だ。みんな鉄道を必要としている。俺も、雅子も、清江ばあちゃんも、亜矢子も、そして俊平もな」

俊平は頷いた。

ふいに和室に飾られている、建築屋だった祖父の遺影が目に入る。

頑張れよ、と応援しているようにも、そう甘い職場じゃねえぞ、と檄を飛ばしているようにも思えた。

大丈夫だよ、じいちゃん。

そう俊平は心の中で答えた。

不思議と不安はなかった。自分に自信がある、というのとは少し違う。

人と人とは、繋がっている。その一端を担うのが鉄道だ。この温かい家族と同じ感情が世界に満ちていて、繋がり合っている……その力を、信じてみてもいいと思えるのだ。

母親が山盛りのサラダを食卓に置いた。酒が注がれ、乾杯の声が上がる。

明日も、鉄道は止まらない。

人がいる限り、きっと。

◆参考資料
前代未聞の雪害――ＪＲ大月駅の１２０時間
http://president.jp/articles/-/12115
http://president.jp/articles/-/12116

この作品は書き下ろしです。原稿枚数313枚（400字詰め）。

幻冬舎文庫

●好評既刊
小指物語
二宮敦人

「死ぬ前に、いろんな人の自殺を見てみたら」。屋上から飛び降りようとした僕を、「自殺屋」が引き止めた。最初に見せてくれたのは、志願者の女子高生を〝壊してあげる〟瞬間。新感覚ホラー!

●好評既刊
正三角形は存在しない
霊能数学者・鳴神佐久に関するノート
二宮敦人

女子高生の佳奈美は、霊が見たいのに霊感ゼロ。「見える」と噂の同級生に近づくと、彼の兄は霊現象を数学で解説する変人霊能者だった。まさかの結末まで一気読み必至の青春オカルトミステリ。

●最新刊
恋する創薬研究室
片思い、ウイルス、ときどき密室
喜多喜久

冴えない理系女子が同じ研究室のイケメンに恋をした。だが、ライバル出現、脅迫状、実験失敗と、試練の連続。男女が四六時中実験室にいて、事件が起こらぬわけがない! 胸キュン理系ミステリ。

●最新刊
眠り月は、ただ骨の冬
ドリームダスト・モンスターズ
櫛木理宇

壱と晶水が通う高校で同じ悪夢をみる生徒が続出。晶水は他人の夢に潜る能力をもつ壱に相談するが、なぜか妙によそよそしい。ぎくしゃくする二人は、夢の謎を解き、仲間を救うことができるのか。

●最新刊
コントロールゲーム
金融部の推理稟議書
郷里　悟

日本中の天才奇才を次世代の人材に育てる幕乃宮学園で、マインドコントロールによる集団自殺事件が発生。銀行員の陣条和久は学園一の天才女子高生と共に、犯人と頭脳戦を繰り広げていく。

一番線《いちばんせん》に謎《なぞ》が到着《とうちゃく》します

若《わか》き鉄道員《てつどういん》・夏目壮太《なつめそうた》の日常《にちじょう》

二宮敦人《にのみやあつと》

平成27年5月15日　初版発行
平成28年7月25日　2版発行

発行人——石原正康
編集人——袖山満一子
発行所——株式会社幻冬舎
〒151-0051東京都渋谷区千駄ヶ谷4-9-7
電話　03(5411)6222(営業)
　　　03(5411)6211(編集)
振替00120-8-767643
印刷・製本—図書印刷株式会社
装丁者——高橋雅之

幻冬舎文庫

ISBN978-4-344-42343-5　C0193　に-14-3

幻冬舎ホームページアドレス　http://www.gentosha.co.jp/
この本に関するご意見・ご感想をメールでお寄せいただく場合は、
comment@gentosha.co.jpまで。